Klarant Verlag

Dörte Jensen ist an der Küste aufgewachsen und liebt die unendliche Weite Ostfrieslands. Der raue Charme der Landschaft, die Sprache und die direkte Art der Norddeutschen haben es ihr angetan. Viele ihrer Ideen kommen der Autorin durch die Begegnungen mit den Menschen an der Küste. In ihrem Haus hinterm Deich findet Dörte Jensen die Ruhe und Inspiration, um ihre spannenden Romane und Krimis entstehen zu lassen. Mit ihren Geschichten möchte die Schriftstellerin ihre Leser mitreißen und zugleich immer auch einladen zu einem literarischen Besuch Ostfrieslands und der ostfriesischen Inseln.

Dörte Jensen

Borkumer Flaschenpost

Borkumer Polizei ermittelt 6

Ostfrieslandkrimi

Klarant Verlag

von Heino
Borkum 2025

Klarant Verlag, www.klarant.de – www.ostfrieslandkrimi.de
ISBN: 978-3-96586-776-5
1. Auflage 2023
Umschlagabbildung: Klarant Verlag

Printed in the EU.

Nordseefluch

Borkum, Juli

Regentropfen klatschten auf das Deck. Donner grollte aus einem schwarzen Himmel. Blitze zuckten in kurzen Abständen über das Firmament und tauchten die entfesselte Nordsee in ein gespenstisches Licht. Die turmhohen Wellen spielten mit dem Kutter, der nach einem Maschinenschaden manövrierunfähig geworden war, und warfen das Boot wie eine Nussschale hin und her. Bjarne Joken blickte zu der Wasserwand auf, die wie eine Mauer vor ihm aufragte. Der Brecher war so hoch, dass der Kamm von den dunklen Wolken verschluckt wurde.

Urplötzlich brach die Welle in sich zusammen und gigantische Wassermassen ergossen sich auf das Deck. Mit ihrer Wucht zerschlugen sie das Steuerhaus und spülten die Trümmer ins Meer. Auch wenn Bjarne die Schreie seiner Männer in dem Tosen des Sturms unmöglich hören konnte, erklangen ihre Klagelaute in seinem Kopf so deutlich, als würden sie ihm direkt ins Ohr brüllen.

Der Mast knickte ab wie ein Streichholz. Bjarne wurde über Bord geschwemmt und versank in den Fluten. Seine Hände verkrampften sich um das Seil, mit dem er sich an den Mast gebunden hatte – in der vergeblichen Hoffnung, nicht von Deck gespült zu werden. Das Wasser war so kalt, dass es ihn in eine Eisskulptur zu verwandeln schien. Seine Lungen brannten und der Wunsch, den Mund zu öffnen und das todbringende Wasser in sich hineinzusaugen, wurde so übermächtig, dass er ihm schon bald nachgeben würde.

Bevor Bjarne die zusammengepressten Lippen öffnen und das Meer zu seinem feuchten Grab machen konnte, wurde der hölzerne Mast nach oben katapultiert und trieb auf den

Wellen, wie ein Korken. Gierig sog der Skipper die Luft in sich hinein, füllte seine Lungen mit dem lebensspendenden Sauerstoff. Um ihn herum tobten die Elemente mit solcher Kraft, als würde die Welt untergehen und Bjarne ... erwachte mit einem Schrei auf den Lippen.

Schweißgebadet setzte er sich in seinem schmalen Bett auf. Das Kopfkissen lag auf dem Boden. Die dünne Decke hatte er ans Fußende gestrampelt. Das Herz schlug ihm bis zum Hals und im Mund hatte er noch immer den Geschmack des Salzwassers. Das feuchte Unterhemd klebte an seinem Körper.

Der ehemalige Fischer fuhr sich mit beiden Händen über das Gesicht, als könnte er sich das kalte Wasser von der Haut waschen. Aber das war unmöglich, denn das Grauen jenes Sturms hatte sich so tief in sein Unterbewusstsein gegraben, dass es keine Nacht gab, in der er den Untergang seines Kutters nicht wieder und wieder mit einer Intensität erlebte, als wäre er den Naturgewalten erneut hilflos ausgeliefert.

Die Seenotretter, die ihn am frühen Morgen mehr tot als lebendig aus dem Wasser fischten, hatten für seine Crew nichts mehr tun können. Die Leichen der drei Männer, die mit ihm an Bord des Kutters gewesen waren, hatte man nie gefunden. Auch nicht seinen Sohn, der das Schiff, das Bjarnes ganzer Stolz gewesen war, eines Tages hätte übernehmen sollen. Da seine Frau bei der Geburt des einzigen Kindes gestorben war, hatte er nun niemanden mehr.

Weil niemand die Besatzung gefunden hatte, würde er auch heute wieder den Strand nach Überlebenden absuchen – wie in den letzten drei Jahren auch. Das war Bjarne seinem Sohn und den anderen Männern einfach schuldig. Weder sengende Sonne noch prasselnder Regen oder heulende Winterstürme konnten ihn davon abhalten.

Bjarne stand auf und bückte sich nach seinen Klamotten, die auf dem verdreckten Holzboden in seiner Hütte lagen.

Mit fahrigen Bewegungen zog er die Leinenhose über seine dünnen Beine und band sie mit einem Strick zu. Dann schlüpfte er in ein Baumwollhemd, das über seinem mageren Körper schlotterte wie ein Kartoffelsack. Nach dem Anziehen fuhr sich Bjarne mit der Hand durch den Bart, der ihm bis auf die Brust reichte, und strich die schulterlangen Haare hinter seine Ohren. Dann öffnete er die schief in den Angeln sitzende Tür seiner ärmlichen Behausung und trat hinaus.

Barfuß lief er durch die Olde Dünen zum Strand. Dabei schenkte er der aufgehenden Sonne, die mit einer unglaublichen Farbenpracht einen weiteren Sommertag ankündigte, keine Beachtung. Seit dem Unglück waren für ihn alle Tage grau.

An der Wasserlinie blieb er stehen, schirmte die Augen mit der rechten Hand ab und blickte auf die Nordsee, deren Wellen an diesem frühen Morgen so träge an den Strand plätscherten, als wäre sie ein dressiertes Haustier, das sich niemals in eine todbringende Bestie verwandeln konnte.

Niemand war zu sehen. Keiner schrie um Hilfe.

»Habbo! Gerke! Edzard!«

Wie an jedem anderen Tag rief Bjarne ihre Namen, wobei er Edzard besonders betonte. Aber statt der Stimme seines Sohnes hörte er nur die Schreie der Möwen und die Rufe der Austernfischer.

Bjarne wiederholte die Prozedur einige Male, während die auflaufende Flut seine nackten Füße überspülte und er bis zu den Knöcheln im Sand versank.

Das Gefühl, bei der Rettung seiner Männer versagt zu haben, nagte seit drei Jahren an ihm wie eine hungrige Ratte. Die Zeit heilte keine Wunden, im Gegenteil – der

Schmerz des Verlustes wurde mit jedem Tag etwas größer und hatte längst alle anderen Gefühle verdrängt.

Da ihm niemand antwortete, wandte er sich in östliche Richtung und suchte den Strand nach Treibgut ab, das er aufpeppen und an die Touristen verkaufen konnte. Alte Flaschen, die mit Muscheln und Sand bedeckt waren, verhökerte er für viel Geld als geheimnisvolle Flaschenpost, nachdem er einen Zettel hineingesteckt und den Deckel mit Wachs versiegelt hatte. Er hatte gerade ein zerrissenes Fischernetz entdeckt, als ein Schrei die Stille erschütterte.

»Hilfe!«

Eine Hand ragte fünfzig Meter vor ihm aus dem Wasser.

Bjarne überlegte keine Sekunde, sondern warf sich in die Wellen. Entgegen jeder Vernunft glaubte er noch immer, einen seiner Männer retten zu können. Dass ihm die Psychologen einen gewaltigen Sprung in der Schüssel attestiert hatten – auch wenn sich die studierten Wichtigtuer mit ihrem Fachchinesisch gewählter ausgedrückt hatten – interessierte ihn nicht. Es war ihm auch egal, dass ihn die Insulaner für einen Spinner hielten. Solange er keinen Mist baute, ließ ihn sogar der alte Hansen in Ruhe.

Mit kräftigen Schwimmzügen, die niemand seinem ausgemergelten Körper zugetraut hätte, näherte er sich dem Ertrinkenden, wobei er immer wieder den Namen seines Sohnes rief.

Kurz vor ihm erhob sich plötzlich ein junger Mann aus dem Wasser und lachte. Er stand auf einer vorgelagerten Sandbank und winkte Bjarne zu.

»Voll krass, Alter. Du bist wirklich so meschugge, wie alle behaupten. Hast du das Ding im Kasten?«

Die Frage richtete er an eine Person, die hinter Bjarne stehen musste. Dieser drehte sich um und erblickte eine junge Frau, die ein Smartphone wie eine Waffe auf ihn gerichtet hatte. Da Bjarne sich nur auf die Rettung des vermeintlich Ertrinkenden konzentriert hatte, hatte er sie bisher nicht bemerkt.

»Klar. Der Videoclip wird im Internet voll der Renner. Was hältst du von dem Titel: Der alte Ostfriese und das Meer?«

»Total literarisch. Willst du noch ein paar Worte an deine toten Kumpel richten? Mit etwas Glück haben die im Jenseits freies WLAN.« Der Unbekannte zeigte mit dem Finger auf Bjarne und wieherte schallend.

Dieser blickte den lachenden Mann einen Moment lang irritiert an. Dann stürzte er sich wie ein Berserker auf ihn und drückte ihn unter Wasser. Niemand durfte sich über seine Männer, für deren Wohlergehen er verantwortlich gewesen war, lustig machen. Nach einem Moment der Unbeherrschtheit gab er sein Opfer frei. Nach Luft schnappend tauchte der Mann aus den Fluten auf, stieß ihn grob vor die Brust und eilte zu seiner Gefährtin an den Strand.

»Die Nordsee wird euch holen. Niemand entkommt ihrem nassen Grab«, schrie der ehemalige Fischer den beiden nach, wobei er die Hände zu Fäusten ballte. Einen Augenblick lang wollte er das Paar, das über den Strand hetzte, als würde ihnen der leibhaftige Teufel im Nacken sitzen, verfolgen. Dann entschied er sich dagegen. Niemand entkam dem Fluch der Nordsee.

Spökenkieker

Borkum, Juli

»Der Spökenkieker hat euch angegriffen?«

Hauptkommissar Ragnar Hansen schob seinen kalten Zigarrenstumpen in den linken Mundwinkel und musterte das junge Pärchen, das an diesem frühen Morgen in Badeklamotten im Revier der Borkumer Polizeistation stand, misstrauisch. Unter den Füßen des Mannes hatte sich eine kleine Lache gebildet. Wenn das Wasser auf dem Weg von den Olde Dünen bis zu ihm nicht getrocknet war, mussten sie wie die Irren gerannt sein.

»Der wollte mich ertränken wie einen räudigen Hund. Ich schwör.« Der Kerl mit dem Stoppelhaarschnitt zitterte. Ob vor Kälte oder Angst, konnte Hansen nicht sagen.

»Der Irre gehört in eine Gummizelle.«

Der Hauptkommissar betrachtete nun seine Begleiterin, eine zierliche Person mit langen schwarzen Haaren, die sie zu einem Pferdeschwanz zusammengebunden hatte.

»Ich kenne Bjarne seit vielen Jahren. Er ist ein komischer Kauz, der aber keinem etwas antun würde. Habt ihr ihn provoziert?«

Hansen betrachtete das Pärchen, das sich unter seinem stechenden Blick sichtlich unwohl fühlte.

»Nicht wirklich.« Der Stoppelkopf blickte zu Boden.

»Wir konnten doch nicht wissen, dass er vollkommen durchdreht. Hier sehen Sie selbst, wir haben nichts gemacht.«

Die Schwarzhaarige hielt dem Hauptkommissar ihr Smartphone entgegen. Dieser nahm das Gerät an sich und betrachtete den kurzen Film, der Bjarne zunächst bei der vermeintlichen Rettungsaktion und später bei seinem Ausraster zeigte.

»Weshalb könnt ihr den Spökenkieker nicht in Frieden lassen?«

»Wir haben doch nur Spaß gemacht.« Der junge Urlauber hob den Kopf, blickte Hansen allerdings nicht an.

»Was ist denn so lustig an einem alten Mann, der am Tod seines Sohnes zerbrochen ist?« Der Hauptkommissar reckte das Kinn vor.

Statt einer Antwort sahen sich die beiden verlegen an und zuckten dann beinahe zeitgleich mit den Schultern.

»Woher wusstet ihr überhaupt vom Spökenkieker?«, hakte Hansen nach. »Wenn er nicht gerade sein Strandgut an die Touristen verhökert, lebt er vollkommen zurückgezogen in den Dünen.«

»Jemand hat ein Video von ihm ins Netz gestellt. Wie bekloppt muss man denn sein, um drei Jahre nach einem Unglück noch nach den Opfern zu suchen?«

»Wie bekloppt muss man denn sein, um sich darüber zu amüsieren?«, konterte der Hauptkommissar mit einer Gegenfrage.

»Wir wollten nur ... ist auch egal.« Der junge Mann machte eine wegwerfende Handbewegung und sah Hansen zum ersten Mal seit seinem Erscheinen direkt an. »Was ist eigentlich ein Spökenkieker?«

»Ein Mensch, der überall nur Unheil wittert. Früher glaubten die Leute auch an seine hellseherischen Fähigkeiten, für manche hatte er das zweite Gesicht. Die Insulaner nennen Bjarne so, weil er jedem Menschen einen baldigen Tod in der Nordsee prophezeit. Ihr seid aber sicherlich nicht wegen einer Geschichtsstunde hier. Möchtet ihr nun eine Anzeige wegen Körperverletzung erstatten oder nicht?«

»Klar, der Kerl ist doch gefährlich.« Der Badegast nickte.

»Dann werde ich mich jetzt an die Arbeit machen. Das Smartphone brauche ich als Beweis.« Hansen legte das Gerät auf seinen Schreibtisch.

»Das ist unmöglich. Darauf sind alle meine Kontaktdaten.« Die Frau streckte die Hand danach aus. »Ich kann Ihnen den Videoclip doch zuschicken.«

»So einfach ist das leider nicht. Das Mobiltelefon muss von unseren Experten untersucht werden, schließlich könnten sich weitere Dateien darauf befinden, die mit dem Fall zu tun haben.«

»Das ist der einzige Videoclip, auf dem der Verrückte zu sehen ist«, versicherte sie.

»Davon müssen wir uns selbst überzeugen. Keine Sorge, ihr bekommt das Gerät natürlich zurück. Das kann allerdings eine Weile dauern.«

»Ich kann darauf keinesfalls verzichten. Wir sollten die Sache auf sich beruhen lassen und verschwinden.« Der letzte Satz galt ihrem Freund. »Morgen sind unsere Ferien ohnehin vorbei.«

»Der Mistkerl wollte mich umbringen«, ereiferte sich dieser.

»Ich denke nicht. Der war bestimmt nur sauer, weil du ihn verarscht hast. Komm jetzt.« Sie ergriff seine Hand.

»Demnach wollt ihr doch keine Anzeige aufgeben?«

Hansen blickte den jungen Mann bei dieser Frage ernst an. Einen Moment lang hatte es den Anschein, als wollte dieser etwas sagen. Dann aber schüttelte er den Kopf.

»Wenn das so ist, könnt ihr das Gerät natürlich mitnehmen. In Zukunft solltet ihr weitere Späße dieser Art besser unterlassen. Sich über die Marotten anderer Menschen lustig zu machen, ist nicht witzig.«

Der Hauptkommissar reichte der jungen Frau das Smartphone. Diese nahm das Gerät an sich und verschwand mit ihrem Freund ohne ein Wort des Abschieds.

Hansen kaute auf dem Zigarrenstumpen und überlegte. Bisher hatte er - wie auch viele andere Insulaner – Bjarne in Ruhe gelassen, weil dieser mit seinem Schicksal genug gestraft war. Sollte er nun allerdings gewalttätig werden, würde er etwas gegen ihn unternehmen müssen.

Der Hauptkommissar trank seinen lauwarmen Kaffee aus und schlüpfte in die unter dem Schreibtisch stehenden Clogs. Dann stand er auf, zog seinen quietschgelben Friesennerz an und fuhr mit seinem E-Bike zu den Olde Dünen.

An diesem frühen Morgen begegnete er auf seinem Weg nur wenigen Menschen. Die meisten Urlauber lagen noch in ihren Betten und würden den Tag erst später mit frischen Brötchen und einem Kaffee oder Tee beginnen. Auf dem Weg hielt er an einer Bäckerei an und radelte kurz darauf mit einer Tüte noch warmer Leckereien weiter.

Am Ende der Straße stellte Hansen den modernen Drahtesel ab und legte die restliche Wegstrecke zum Spökenkieker zu Fuß zurück. Neben der selbstgezimmerten Behausung stand ein windschiefer Schuppen, in dem Bjarne sein Strandgut und jene Habseligkeiten aufbewahrte, für die er in seiner Hütte keinen Platz hatte. Der Hauptkommissar klopfte an die Tür, die wenige Augenblicke darauf geöffnet wurde.

»Ragnar. Was willst du denn hier?«

»Ich habe Frühstück mitgebracht. Kann ich reinkommen?«

Er reichte Bjarne die Tüte an. Dieser trat einen Schritt zurück und der Hauptkommissar marschierte in die armselige Bleibe, die nur aus einem einzigen Raum bestand.

An der Stirnseite war ein deckenhohes Regal, das mit Dingen des täglichen Bedarfs und Flaschen gefüllt war. Davor stand ein kleiner Tisch mit zwei Stühlen, die wenig vertrauenerweckend aussahen. An der linken Seite war ein ungemachtes Bett, daneben standen ein alter Herd und ein Spülbecken, in dem sich schmutziges Geschirr stapelte. Eine schmale Tür führte in ein kleines Badezimmer.

»Mohnkuchen. Den mag ich gern.«

Der Spökenkieker nahm ein süßes Stückchen aus der Tüte und biss herzhaft hinein. Mampfend setzte er sich auf einen Stuhl, ohne seinem Besucher eine Sitzgelegenheit anzubieten. Krümel rieselten zu Boden und verfingen sich in seinem Bart. Wenige Augenblicke später stopfte er sich eine Kirschtasche in den Mund, dem ein Schokocroissant folgte. Während er noch mit vollen Backen kaute, knüllte er die leere Tüte zusammen und warf sie in eine Ecke.

Hansen, der ebenfalls hungrig war und die Kirschtasche für sich gekauft hatte, seufzte leise. Dem Appetit nach hatte der Spökenkieker schon lange keine vernünftige Mahlzeit mehr bekommen. Auf dem Rückweg würde er der Bäckerei daher einen weiteren Besuch abstatten und etwas für sich kaufen.

Der Hauptkommissar wartete, bis der alte Mann den letzten Bissen hinuntergeschluckt hatte und sich mit dem Handrücken über den Mund gefahren war. Da er den klapprigen Sitzgelegenheiten nicht traute, blieb er stehen.

»Was ist heute Morgen passiert?«

»Die Nordsee hat ein weiteres Opfer gezeichnet.«

»Meinst du damit den jungen Mann, auf den du losgegangen bist?«

»Jo. Ich habe ihm aber nichts angetan. Die Wellen werden über sein Schicksal entscheiden.«

»Was meinst du damit?«

»Das Meer wird jeden von uns verschlingen. Es ist nur eine Frage der Zeit.«

Der Hauptkommissar ließ den Zigarrenstumpen von einem Mundwinkel in den anderen wandern, ohne den Spökenkieker dabei aus den Augen zu lassen.

»Wenn du noch einmal handgreiflich wirst, werde ich gegen dich vorgehen müssen. Dann wirst du auch nicht mehr in den Dünen wohnen können. Hast du das verstanden?«

Bjarne blickte den Polizisten lange an. Dann nickte er.

Zeitenwende

Borkum, Juli

»Wir brauchen noch einen Aufmacher für die nächste Ausgabe.«

Juliane Niemeier blickte ihre beste Freundin und einzige Kollegin Anita Vogts an. Die beiden Frauen saßen in der Redaktion der monatlich erscheinenden Zeitschrift *Zeitenwende*, die sie zwei Jahre zuvor gegründet hatten.

Das renovierungsbedürftige Haus, in dem die Redaktion untergebracht war, hatte Anita von ihrem Erbe gekauft, das ihr der Vater hinterlassen hatte.

Die Studienfreundinnen hatten sich nach dem Abschluss eine Weile aus den Augen verloren und bei verschiedenen Zeitungen gearbeitet. Bei einem Presseball mit hochrangigen Politikern und Wirtschaftsvertretern waren sich die Journalistinnen einige Jahre danach erneut über den Weg gelaufen. Da beide mit ihren momentanen Arbeitsbedingungen unzufrieden waren, beschlossen sie - eine Flasche Sekt und einige Cocktails später - eine gemeinsame Zeitung zu gründen.

Da das Vorhaben auch am nächsten Tag noch in ihren Brummschädeln umhergeisterte, hatten sie die Idee kurzerhand in die Tat umgesetzt und wegen Anitas Neurodermitis Borkum als Standort für eine Zeitschrift gewählt, mit der die beiden Nordseefans Ostfriesland ein modernes Gesicht geben wollten.

Trotz des Geldes, das Anita, die den überwiegenden Teil der laufenden Kosten finanzierte, in die Werbung steckte, blieben die Verkaufszahlen der Zeitschrift hinter den Erwartungen zurück. Sie drohte bereits im dritten Jahr ihres Bestehens Abonnenten der ersten Stunde zu verlieren und zu einem finanziellen Desaster zu werden.

»Wie wäre es mit den Plänen für die neue Bohrinsel vor der holländischen Küste? Das Monstrum kann verheerende Auswirkungen auf das sensible Ökosystem der Nordsee haben.« Anita tippte mit der Spitze ihres Kugelschreibers auf die Schreibtischunterlage.

»Über das Thema hatten wir in der letzten Ausgabe schon berichtet. Zudem wollen die Leser mehr Nordsee-Lifestyle und Urlaubsfeeling. Wir brauchen einen echten Knaller, sonst verlieren wir weitere Leser und können die Zeitschrift bald wieder einstellen.«

»Und was ist mit dem diesjährigen Drachenwettbewerb, bei dem die Teilnehmer ihre selbstgebauten Winddrachen am Nordbad steigen lassen? Ich könnte die Fotos machen und du ...«

»... über die Tüftler schreiben, die ihre Freizeit in kalten Kellern und zugigen Garagen verbringen, um diese Dinger irgendwann steigen zu lassen? Nee, echt nicht, denn bei diesem Wettbewerb können wir nur mit tollen Bildern punkten. Über den bierbäuchigen Bastler aus Pusemuckel, der in den Siegerdrachen hunderte Stunden seiner Lebenszeit investiert hat, will niemand etwas lesen.«

»Da ist was dran«, seufzte Anita und tippte mit dem Stift im Stakkato auf die Unterlage. »Was hältst du von einem Bericht über die Geschichte der Borkumer Kleinbahn?«

»Interessant, aber damit werden wir bestimmt keine neuen Leser gewinnen. Über welche Themen wird denn in den Internetforen von Borkum und der Küstenregion gesprochen?«

»Wollen wir wirklich im Sumpf der sozialen Netzwerke nach Artikeln für unsere Zeitung suchen? In diesem Morast aus Gerüchten und Verleumdungen finden wir bestimmt keine relevanten Meldungen. Wenn wir ein anspruchsvolles Magazin machen wollen, müssen wir glaubhaft rüberkommen.«

»Keine Sorge, ich rede keinesfalls von Boulevardjournalismus. Wir müssen aber etwas Spektakuläres bringen, das die Leser interessiert. Wie wäre es denn mit einem Bericht über die Inselautorin Heike Gessner, die mit ihren Kriminalromanen deutschlandweit für Aufsehen gesorgt hat?« Juliane griff in eine auf dem Schreibtisch stehende Schale mit Marzipankugeln und steckte sich eine der süßen Zuckerbomben in den Mund.

»Gute Idee, aber die Story muss warten, denn das hier könnte wirklich interessant sein.« Anita, die sich während des Dialogs in einem Internetforum für Borkumfans umgesehen hatte, drückte ihre Lesebrille auf die Nase und beugte sich zu ihrem Monitor.

»Was hast du denn da?«

Juliane stand auf und ging zu ihrer Kollegin. Dabei knarzten die Bretter unter ihren Füßen so laut, dass es bis auf den Flur zu hören war. Sie zuckte zusammen und schüttelte sich. »Das Geräusch erinnert mich an das Stöhnen eines Sterbenden. Wir sollten einen neuen Boden legen lassen, bevor ich noch einen Herzinfarkt bekomme. Bei der Gelegenheit können wir uns auch gleich um die Wasserrohre kümmern. Das Gluckern in den Wänden finde ich total gruselig. Zudem sind die Stromleitungen so alt, dass sie jederzeit durchschmoren können. Die Gasleitungen sehen auch nicht mehr sehr vertrauenerweckend aus. Wir müssen unbedingt Geld verdienen, um das Haus vernünftig renovieren zu können.« Sie sah ihrer Freundin über die Schulter. »Ist das nicht dieser ... wie nennen ihn die Borkumer noch gleich?«

»Spökenkieker.« Anita beugte sich so weit vor, dass ihre Nasenspitze den Bildschirm beinahe berührte. »Will er den Kerl etwa ertränken?«

Sie deutete auf einen Videoclip. Auf diesem war ein sichtlich verwirrter Mann zu sehen, der jemanden unter

Wasser drückte. Urplötzlich erhob sich ein junger Kerl aus den Fluten, stieß seinen Widersacher so fest vor die Brust, dass dieser taumelte und nach hinten fiel. Während sich der Ältere wieder aufrappelte, eilte sein Opfer zum Strand.

»Die Nordsee wird euch holen. Niemand entkommt ihrem nassen Grab«, ertönte die Stimme des Spökenkiekers aus dem Computerlautsprecher. Dann endete der Videoclip abrupt.

Jemand sollte diesen bekloppten Ostfriesen endlich einsperren hatte *Heringsschwanz* in die Kommentarzeile unter das Video geschrieben.

Warum schützt uns die Polizei nicht vor dem Irren? wollte die *Seehundbraut* wissen.

Muss erst jemand sterben, bevor der Bagalut in die Klapse kommt? fragte *Muschelschubser22*.

»Zu dem Videoclip gibt es bereits mehr als hundert Kommentare«, zeigte sich Juliane beeindruckt und steckte sich eine weitere Marzipankugel, die sie als Wegzehrung zum Schreibtisch ihrer Kollegin mitgenommen hatte, in den Mund. »Wir sollten den Spökenkieker zum Aufmacher unserer nächsten Ausgabe machen. Was hältst du davon?«

»Ich weiß nicht. Der alte Mann tut mir irgendwie leid. Wir sollten ihn besser in Ruhe lassen und nicht ins Licht der Öffentlichkeit zerren.«

»Anita, wir müssen Insulaner und Urlauber unbedingt vor dem Einsiedler warnen. Der Mann scheint gemeingefährlich zu sein und gehört nicht an den Strand, sondern in eine psychiatrische Anstalt«, ereiferte sich Juliane.

»Könnte sein«, willigte die Freundin ein. »Dann sollten wir uns jetzt aber so schnell wie möglich an die Arbeit machen, denn bis zum Erscheinungstermin der nächsten Ausgabe bleiben uns keine sieben Tage mehr. Du versuchst, so viel wie möglich über seine Lebensgeschichte zu erfahren, und ich rede mit dem alten Polizisten und einigen Insulanern.«

»Willst du kein Interview mit dem Spökenkieker führen?« Juliane legte die Stirn so gekonnt in Falten, dass diese wie ein zerknittertes Laken aussah.

»Kümmerst du dich darum? Du kannst deine Gesprächspartner besser um den kleinen Finger wickeln als ich.«

»Ich möchte dem Mann aber ungern allein gegenübertreten.«

»Dann werden wir ihm zusammen einen Besuch abstatten.«

»Sollte er uns angreifen, werde ich uns mit Pfefferspray verteidigen. Zudem kenne ich noch einige Tricks aus dem Selbstverteidigungsseminar.« Juliane legte ihrer Freundin eine Hand auf die Schulter.

»Mit dir sollte man sich besser nicht anlegen.« Anita drehte sich zu ihr um.

»Dann solltest du mich besser nicht verärgern.« Juliane zwinkerte ihr zu.

Schlagzeile

Borkum, Juli

»So ein Tünkram!« Ragnar Hansen warf die neue Ausgabe der Zeitschrift *Zeitenwende,* die an diesem Tag erschienen war, in den Mülleimer.

»Was ist denn los?« Sein Kollege Jan Jepsen, der ihm im Büro der Borkumer Polizeistation gegenübersaß, blickte von seiner Arbeit auf.

»Die Zeitungstussis haben den Spökenkieker in ihrer neuen Ausgabe an den Pranger gestellt. *Zeitenwende*, dass ich nicht lache. Dem Bericht nach möchten die beiden Schreiberlinge den armen Mann am liebsten auf dem Scheiterhaufen verbrennen.«

»Lass mich mal sehen.« Der junge Polizist stand auf, fischte die Zeitschrift aus dem Papierkorb und blätterte zu dem Bericht, über dem in großen Buchstaben *Spökenkieker: Hellseher oder Wahnsinniger?* zu lesen war.

Mit der aufgeschlagenen Zeitung in der Hand ging Jan zu seinem Arbeitsplatz zurück und las den Artikel, der weniger mit journalistischer Arbeit, sondern mehr mit der Befriedigung sensationslüsterner Leser zu tun hatte. Neben einem ausführlichen Interview mit einem jungen Pärchen, das den Spökenkieker einen gefährlichen Irren nannte, wurde auch ein Wortwechsel mit Bjarne Joken veröffentlicht, in dem er den beiden Journalistinnen einen baldigen Tod in der Nordsee vorausgesagt hatte.

»Handelt es sich dabei um das Pärchen, von dem du mir erzählt hast?«, fragte Jan nach der Lektüre und legte die Zeitung auf seinen Schreibtisch.

»Jo. Ich hatte gehofft, dass sie die Angelegenheit auf sich beruhen lassen würden, aber das haben sie leider nicht getan. In dem Zeitungsbericht ist keine Rede davon, dass die Vollpfosten den Spökenkieker vor seinem Ausraster provoziert hatten. In dem im Internet hochgeladenen Videoclip fehlt diese Sequenz ebenfalls. Der Kurzfilm beginnt an der Stelle, an der sich Bjarne auf den jungen Mann stürzt. Dem Betrachter wird damit suggeriert, dass er seinen Widersacher grundlos angegriffen hat.«

»Woher weißt du von der fehlenden Filmsequenz?«

»Weil ich mir das vollständige Video auf dem Smartphone der jungen Frau angesehen habe. Ich hätte auf Löschung bestehen müssen.« Hansen klippte die Daumen hinter die Hosenträger und lehnte sich in seinem Stuhl zurück.

»Ich kenne den Spökenkieker nur als friedlichen Zeitgenossen«, überlegte Jan laut.

»Über seine Friedfertigkeit habe ich mit Anita Vogts auch gesprochen. Bedauerlicherweise hat sie meine Einschätzung ignoriert und nur meine Bemerkung erwähnt, dass man den Spökenkieker am besten in Ruhe lassen sollte.«

»Der Artikel erweckt den Anschein, dass du die Leute damit vor dem alten Mann warnen wolltest.«

»Ich weiß.« Der Hauptkommissar ließ die Hosenträger flippen, lehnte sich vor und trank einen Schluck von dem inzwischen kalten Kaffee. Während er den Koffeinkick in sich hineinschüttete, flogen die Finger seines jüngeren Kollegen über die Tastatur.

»Schiet ok!«

Jan hielt inne, blies die Backen auf und ließ die Luft dann langsam wieder entweichen. »Der Videoclip hat mehr als siebentausend Likes und über achthundert Kommentare. Bis auf wenige User, die dafür plädieren, den armen Kerl einfach in Frieden leben zu lassen, verlangen die meisten - mit mehr oder weniger drastischen Bemerkungen - Bjarnes

Unterbringung in einer psychiatrischen Anstalt. Hast du dir die neuen Aufnahmen schon angesehen?«

»Was für neue Aufnahmen?« Hansen stellte seinen Becher auf den Tisch zurück.

»Der Zeitungsartikel scheint einige Urlauber neugierig gemacht zu haben. Allein heute wurden schon neun neue Fotos und vier Videoclips hochgeladen, auf denen der Spökenkieker zu sehen ist. Dabei ist die Zeitschrift erst seit gestern im Handel erhältlich. Wenn das so weitergeht, dürfte Bjarne Joken bald ein Internetstar sein.«

»Das darf doch nicht wahr sein. Hoffentlich reagiert Bjarne auf die vielen Menschen nicht aggressiv. Wenn er sich wieder provozieren lässt, werde ich ihn noch wegen Körperverletzung einbuchten müssen. Wir sollten mit ihm reden.«

»Das ist eine gute Idee.«

Der Hauptkommissar schlüpfte in Clogs und Friesennerz und radelte gemeinsam mit seinem jüngeren Kollegen zu den Olde Dünen. Am Ende des gepflasterten Weges standen bereits sieben Fahrräder.

»Hoffentlich wollen die nicht alle zum Spökenkieker.«

Die Polizisten schlossen ihre Räder ab und folgten dem sandigen Dünenpfad bis zur Hütte. Dort hatten sich zwölf Menschen versammelt, die in einem Halbkreis um das Gebäude herumstanden.

»Komm raus, du Psycho«, blökte ein beleibter Urlauber, der einen armdicken Stock in seinen Händen hielt.

»So einer wie du gehört eingesperrt«, plärrte ein anderer und ballte die Hände zu Fäusten.

»Die Nordsee wird euch alle verschlingen!« Bjarne riss die Tür auf und trat hinaus. »Bald schon werdet ihr euer Grab in den eisigen Fluten finden.«

»Du hast doch einen an der Waffel«, ließ sich eine Frau in Laufkleidung vernehmen und wandte sich dann an die

Polizisten, die inzwischen zu der Gruppe getreten waren. »Sind Sie hier, um den Verrückten festzunehmen?«

»Meinen Sie mit dem Verrückten etwa den verängstigen Mann dort?« Hansen trat vor die Sportlerin und deutete auf den Spökenkieker.

»Wen denn sonst?«, krakelte ein älterer Mann mit schlohweißen Haaren, der die aktuelle Ausgabe der Zeitschrift *Zeitenwende* in der rechten Hand hielt.

Der Hauptkommissar drehte sich zu dem Sprecher um. »Sie zum Beispiel.«

»Ich ... wieso?«, stammelte der Weißhaarige sichtlich verwirrt.

»Weil Sie grundlos einen hilflosen Menschen bedrohen.« Hansen richtete das Wort nun an alle. »Hat Bjarne Joken jemanden von euch tätlich angegriffen?«

»Nee, aber ...«, entgegnete die Sportlerin, bevor ihr ein junger Bursche mit langen Haaren ins Wort fiel, der ein T-Shirt mit dem Bandlogo von AC/DC trug. »... der wird uns noch alle umbringen. Wenn Sie den Kerl nicht sofort einsperren, werde ich ihm sämtliche Knochen brechen, damit er keinem mehr etwas antun kann.«

Drei der Anwesenden klatschten Beifall. Niemand widersprach.

»Wir sollten tatsächlich jemanden einsperren. Jan, was meinst du?«

Jepsen, der seinen Vorgesetzten inzwischen gut genug kannte, um zu wissen, worauf dieser hinauswollte, nickte.

»Dann werde ich Sie jetzt festnehmen.« Der Hauptkommissar deutete auf den Rockfan.

»Was soll der Scheiß? Ich habe doch nichts gemacht.«

»Das ist nicht richtig, denn sie haben eine Straftat angekündigt. Daher müssen wir das Opfer vor Ihnen schützen. Körperverletzung ist schließlich kein Kavaliersdelikt.« Jan klimperte mit den Handschellen.

»Ich wollte doch nur ...«

»... was?« Die Stimme des Hauptkommissars war so schneidend wie eine Rasierklinge.

»Nichts.« Der Langhaarige senkte den Blick.

»Das habe ich mir gedacht. Verschwindet, aber sofort.«

»Dazu haben Sie kein Recht. Wir können uns aufhalten, wo immer wir wollen, schließlich leben wir in einem freien Land. Oder ist Borkum etwa eine Polizeidiktatur?« Die Sportlerin verschränkte demonstrativ die Arme vor der Brust, ohne Hansen dabei aus den Augen zu lassen.

»Im Rahmen einer Gefahrenabwehr dürfen wir Platzverweise aussprechen. Bei Zuwiderhandlung können wir die entsprechende Person auch in Polizeigewahrsam nehmen.« Jan ließ seine Handschellen um den Zeigefinger kreisen.

»Das ist voll der Bullenterror«, ließ sich der beleibte Urlauber vernehmen.

»Das war Beamtenbeleidigung«, stellte Hansen fest. »Dafür werden Sie sich juristisch verantworten müssen. Kannst du die Personalien des Mannes aufnehmen?«

»Kein Problem.« Jepsen machte einen Schritt auf den Feriengast zu, der nun die Hände hob und winkte, als wollte er ein fahrendes Auto anhalten.

»So war das doch nicht so gemeint. Tut mir leid.«

»Dann wollen wir noch einmal Gnade vor Recht ergehen lassen. Abflug, aber zackig. Das gilt für alle.« Hansen deutete Richtung Strand.

Die Umstehenden musterten die Polizisten mit teilweise feindlichen Blicken. Dann zerstreuten sie sich murrend.

Der Spökenkieker, der die ganze Zeit vor der geöffneten Tür stehen geblieben war und kein Wort gesagt hatte, sah von Hansen zu Jepsen. »Die Nordsee wird sie alle holen. Sehr bald schon.« Seine Stimme zitterte vor Wut.

»Bjarne, lass gut sein.« Der Hauptkommissar legte ihm die Hand auf die Schulter. »Kannst du in den nächsten Tagen im Haus bleiben? Ich gehe davon aus, dass weitere Leute kommen werden.«

»Nee, denn ich muss nach meinen Männern suchen.«

»Das ist keine gute Idee. Nach dem Zeitungsbericht werden weitere Leute kommen. Blieb daheim und lass dich keinesfalls provozieren, hörst du?«

Der Spökenkieker warf Hansen einen verständnislosen Blick zu, kehrte dann ins Haus zurück und knallte die Tür zu.

»Was machen wir nun?« Jan sah seinen Vorgesetzten an.

»Wir müssen ihn im Auge behalten.« Der Hauptkommissar kaute energisch auf seinem Zigarrenstumpen.

Dann kehrten die Ordnungshüter zur Polizeistation zurück.

Schattenspiele

Borkum, Juli

Der Spökenkieker legte die *Zeitenwende*, die ein Fremder am Strand liegen gelassen hatte, nach dem Lesen auf seinen Tisch, löschte die Lampe und starrte gedankenverloren durch das Fenster in den sternenübersäten Himmel.

Nach dem Besuch der beiden Polizisten hatten sich an diesem Tag immer wieder Fremde vor seiner Hütte eingefunden und Fotos gemacht. Da er keinen Ärger wollte, hatte er sich an die Anweisung des alten Hansen gehalten und war daheimgeblieben. Der Gedanke, die Crew - und vor allem seinen Sohn - im Stich zu lassen, war aber so grauenvoll, dass er auch am nächsten Tag wieder nach seinen Männern suchen würde, selbst auf die Gefahr hin, von Fremden angepöbelt zu werden. Das war er ihnen einfach schuldig.

Den Tag hatte Bjarne mit der Bearbeitung des Strandgutes verbracht, das die Nordsee angespült hatte. Bei seiner heutigen Tour hatte er drei versandete Flaschen gefunden, in die er beschriebene Zettel gesteckt und sie auf diese Weise in eine geheimnisvolle Flaschenpost verwandelt hatte.

Die Urlauber waren verrückt nach seinen Souvenirs. Wenn sie die Flasche öffneten, würden sie die Botschaft: *Niemand entkommt dem Fluch der Nordsee* finden. Wahrscheinlich erwarteten viele Käufer etwas anderes – wie die Skizze zu einem in den Dünen vergrabenen Schatz oder die Koordinaten eines mit Goldtruhen beladenen Schiffswracks – aber das war ihm herzlich egal. Nicht egal waren ihm hingegen die vielen Menschen, die in den Dünen herumtrampelten und ihn einen Verrückten nannten, der eingesperrt werden musste, denn das durfte keinesfalls passieren. In einer Zelle konnte er seinen Schwur, bis an sein Lebensende nach seinen Männern zu suchen, schließlich nicht einlösen.

Urplötzlich vernahm Bjarne ein Fauchen, als wäre ein hungriger Drache erwacht. Sekunden später loderte ein flackernder Lichtschein vor seinem Fenster auf.

Sein Schuppen!

Der Spökenkieker rannte zur Tür, riss sie auf und eilte hinaus. Heiß schlugen ihm die Flammen entgegen. Die von Sonne und Wind getrockneten Holzwände brannten bereits lichterloh. Einem ersten Impuls folgend, wollte er sich einen Eimer schnappen, damit zur Nordsee rennen und Wasser schöpfen – aber damit würde er das Feuer niemals löschen können. Da er weder ein Smartphone noch ein Festnetztelefon besaß, konnte er keine Feuerwehr anrufen. Hilflos musste Bjarne daher mit ansehen, wie die Flammen sich an dem Holz labten und sich den Schuppen mit seinem Inhalt wie ein hungriges Raubtier einverleibten.

Im tanzenden Lichtschein bemerkte er eine dunkle Gestalt, die auf der anderen Seite des brennenden Schuppens stand. Handelte es sich dabei um den Brandstifter?

Der Spökenkieker rannte los und umrundete das brennende Gebäude - aber die Gestalt war verschwunden.

Sofern es sie überhaupt gegeben hatte, schließlich konnte es sich dabei auch um ein Schattenspiel gehandelt haben und ... nun sah er jemanden in die Dünen laufen. Bjarne zögerte keine Sekunde und rannte hinterher. Mit schnellen Schritten holte er auf und dann ... war die Gestalt plötzlich wieder wie vom Erdboden verschluckt.

Er blieb stehen und blickte sich um.

Ein kühler Nachtwind strich über seine wettergegerbte Haut und wehte ihm die langen Haare ins Gesicht. Bjarne drehte sich um die eigene Achse, konnte aber niemanden erkennen. Unschlüssig blieb er stehen. Er kam sich vor wie bei dem Wettlauf zwischen dem Hasen und dem Igel, bei dem der Igel das Langohr mit einer List narrte.

Urplötzlich zischte ein Wurfgeschoss nur wenige Zentimeter an seinem Ohr vorbei und er hörte ein Lachen. Der Spökenkieker rannte in die Richtung, aus der ihn jemand attackiert haben musste und nun sah er im Mondlicht jemanden geduckt Richtung Ostfriesenstraße rennen.

Er folgte ihm.

Trotz seiner neunundsechzig Jahre bewegten sich seine Beine wie gut geölte Kolben einer Maschine. Sein Herz schlug als kraftvoller Motor in seiner Brust. Das Blut rauschte wie lebensspendender Schmierstoff durch seine Adern. Trotz seines entbehrungsreichen Lebens funktionierte sein Körper wie der eines deutlich jüngeren Mannes.

Bjarne hetzte seinen Angreifer mit dem eisernen Willen eines Jägers, der sein Opfer unbedingt zur Strecke bringen will, und holte Meter um Meter auf.

In der Ostfriesenstraße verlor er die Gestalt erneut aus den Augen, konnte den Widersacher aber wegen seiner Schritte auf dem Asphalt, die in der nächtlichen Stille gut zu hören waren, weiterhin lokalisieren. Zumindest so lange, bis die Schritte von Grölen und Lachen überlagert wurden.

Eine Gruppe offensichtlich angetrunkener Männer kam ihm entgegen. Der Spökenkieker war hin- und hergerissen.

Sollte er den Brandstifter verfolgen oder die Trunkenbolde um ihre Hilfe bitten? Die jungen Kerle hatten sicherlich Handys dabei, mit denen man die Feuerwehr rufen konnte. Selbst wenn der Schuppen nicht mehr zu retten war, musste er ein Übergreifen der Flammen auf seine Hütte verhindern. Bjarne warf einen letzten Blick in die Richtung, in die die dunkle Gestalt verschwunden war, und lief den Männern dann entgegen.

»Feuer«, stammelte er atemlos.

»Alter, kein Problem, solange du keine Fluppe schnorren willst.« Ein Glatzkopf zog sein Feuerzeug aus der Hosentasche und entzündete es.

»Jungs, das ist der Spökenkieker«, raunte ihm einer seiner Kumpane zu und er löschte die Flamme.

»Mein Schuppen brennt. Brauche Hilfe«, stammelte Bjarne atemlos.

»Ist dein Kutter nicht in der Nordsee versunken?« Ein Muskelprotz, dessen aufgepumpte Arme das T-Shirt zu sprengen schienen, baute sich vor ihm auf.

»Feuerwehr«, verlangte Bjarne, ohne auf die Frage einzugehen, und der Glatzkopf zog sein Smartphone aus der Hosentasche.

»Uwe, willst du dich bei den Rettungskräften lächerlich machen? Der Kerl ist doch meschugge«, wandte ein Dritter ein.

»Sieh mal Richtung Dünen.« Der Angesprochene deutete auf einen flackernden Lichtschein.

»Voll krass, Alter. Da brennt wirklich etwas. Nichts wie hin. Für die Aufnahmen bekommen wir jede Menge Likes.«

»Ich rufe vorher die Feuerwehr und ...«

»Danke«, unterbrach ihn der Spökenkieker und rannte auf die dunkle Gestalt zu, die am Ende der Straße aufgetaucht war.

Wenn einer von ihnen die Rettungskräfte benachrichtigen wollte, konnte er sich wieder auf die Jagd nach dem Feuerteufel konzentrieren, der sich nun erneut in Bewegung setzte – als hätte er auf ihn gewartet. Bjarne rannte vom Barbaraweg in die Hindenburgstraße. Der Vorsprung schrumpfte mit jedem Schritt und bald war er nur noch wenige Meter hinter dem Unbekannten – der ein Gartentor aufriss und auf einem Grundstück verschwand. Bjarne eilte hinterher.

Vor dem Haus blieb er stehen. Die Außenbeleuchtung erhellte den Eingang eines Gebäudes, neben dessen Tür ein Messingschild mit der Aufschrift *Zeitenwende* stand.

Demnach handelte es sich also um die Redaktion der Zeitschrift, die den Rummel um seine Person ausgelöst hatte. Ohne die beiden Journalistinnen, die ihm jedes Wort im Mund umgedreht hatten, wäre der Schuppen sicherlich nicht abgefackelt worden. Hatten die beiden das Gebäude wegen einer neuen Story in Brand gesetzt? Wollten sie ihm mit dem Brand eine Falle stellen, um ihn in der Öffentlichkeit als Wahnsinnigen brandmarken zu können?

Am besten informierte er sofort den alten Hansen, denn der hatte ihn noch nie im Stich gelassen.

Bjarne musste ...

Hinter einem der Fenster wurde eine Lampe eingeschaltet und er konnte durch das Milchglas eine Person sehen, die sich wie ein Schatten bewegte. Wenige Augenblicke später hörte er ein Rauschen, das vermutlich von einer Toilettenspülung kam. Dann wurde das Licht wieder gelöscht.

Der Spökenkieker dachte nach. Die Polizei konnte nichts ausrichten, da er bisher nur eine dunkle Gestalt gesehen und keinen Beweis hatte, dass eine der Frauen für den Brand verantwortlich war. Wenn sie sich gegenseitig Alibis gaben, würde niemand seiner Anschuldigung glauben. Wenn er ihnen die Brandstiftung allerdings nachweisen konnte, würde Hansen die Frauen bestimmt verhaften.

Er presste sich an die Hauswand und schob sich Meter für Meter voran. Auf dem rückwärtigen Teil des Gebäudes führten vier aus Stein gehauene Stufen in die Tiefe. Dahinter war eine schmale Holztür, in deren oberem

Bereich ein Fenster eingelassen war. Er drückte die Klinke nach unten. Zu seiner Überraschung schwang die Tür quietschend nach innen auf. Grünliche Leuchtdioden, die zu einer Heizanlage gehörten, gaben den Dingen verschwommene Konturen. Neben der Heizung standen eine Waschmaschine und ein Trockner. An der rechten Wand war ein Regal, das mit Körben und Kartons vollgestopft war.

Bjarne huschte die hölzernen Treppenstufen auf der gegenüberliegenden Seite hinauf. Die Tür war ebenfalls nicht verschlossen. Er trat hindurch und drückte diese hinter sich zu. Der Flur wurde von einer Wandlampe erhellt, die dem flackernden Licht einer Fackel nachempfunden war.

Hektisch sah er sich um. Sollte er nicht doch besser verschwinden, bevor er wegen Einbruchs festgenommen wurde? Aber dann würde der Feuerteufel ungestraft davonkommen. Bjarne würde sich nur kurz umsehen und dann wieder verschwinden.

Auf der linken Seite waren drei Türen, rechts führte eine Treppe ins obere Stockwerk. Gegenüber war die Haustür, daneben stand ein Schuhregal, unter dem sich etwas Sand befand. Wahrscheinlich war er aus Schuhen gerieselt, mit denen jemand am Strand gewesen war - oder in den Dünen. Auf dem Boden war auch etwas Sand zu erkennen.

Bjarne schlich zum Schuhregal. Als eines der Bretter knarzte, hielt er in der Bewegung inne und wagte nicht zu atmen. Die Sekunden verstrichen in quälender Langsamkeit. Da ihn niemand gehört zu haben schien, schlich er weiter. Beim Schuhregal hob er die über dem Sandhäufchen stehenden Schuhe an, aus denen weiterer Sand rieselte. Damit konnte Hansen sicherlich etwas anfangen.

Er wollte das Haus gerade verlassen, als eine der Türen aufgerissen wurde und die Journalistin, die sich ihm als Anita Vogts vorgestellt hatte, in den Flur trat. Sie trug ein weißes T-Shirt und eine Jeans. Einen Augenblick lang starrte sie ihn entsetzt an. Dann schrie sie aus Leibeskräften.

Das Glas, das sie in der Hand hielt, rutschte aus ihren kraftlosen Fingern und fiel zu Boden, wo es zerbrach. Rotwein verteilte sich über den Fußboden und spritzte an die Wände.

»Dafür wirst du bezahlen.« Er deutete mit dem Zeigefinger auf die Frau, die wie angewurzelt im Türrahmen stand. Dann schien sie ihre Schockstarre überwunden zu haben, denn nun eilte sie in den Raum zurück und knallte die Tür zu.

Wahrscheinlich rief sie die Polizei an. Er musste verschwinden, bevor Hansen auftauchte und ihn in dem Haus festnahm. Der Spökenkieker eilte in den Keller zurück und rannte durch den Hinterausgang in Freie. Wenige Augenblicke später war er in der Dunkelheit verschwunden.

Feuerteufel

Borkum, Juli

Ragnar Hansen drehte sich zur Seite und tastete mit den Fingern über das Nachtschränkchen neben dem Bett. Seine Finger krallten sich um das darauf liegende Smartphone, das ihn mit der Melodie des Liedes *Hoch im Norden* - seinem Klingelton - aufgeweckt hatte. Auf dem Display war der Name seines Kollegen zu lesen.

»Jan, was ist los?«

»Der Schuppen des Spökenkiekers brennt und Bjarne ist in die Redaktion der *Zeitenwende* eingebrochen. Wir müssen ihn suchen, bevor er noch jemanden umbringt.«

»Schiet ok.« Der Hauptkommissar war sofort hellwach. »Hast du die Rettungskräfte alarmiert?«

»Die Feuerwehr war bereits benachrichtigt und ist schon vor Ort. Ein Krankenwagen ist nicht notwendig, da er den Journalistinnen nichts angetan hat. Er hat Anita Vogts nur einen gehörigen Schrecken eingejagt und ist danach abgehauen.«

»Was ist mit ... wie heißt die andere Zeitungstussi noch?«

»Juliane Niemeier.«

»Mir war der Name entfallen. Geht es ihr gut?«

»Die hat gepennt und scheint von der ganzen Sache nichts mitbekommen zu haben.«

»Demnach hat Bjarne die Frauen also nicht tätlich angegriffen. Kannst du mögliche Spuren im Haus sichern? Ich fahre direkt zu den Olde Dünen, das ist von meiner Wohnung im Ostland aus nur ein Katzensprung.«

»Willst du etwa allein nach dem Spökenkieker suchen? Der Mann wird eine Stinkwut auf die Journalistinnen haben. Wenn er in seinem Zorn die Kontrolle verliert, könnte er jemanden verletzen, vielleicht sogar töten.«

»Davon gehe ich nicht aus. Wenn Bjarne wirklich gefährlich wäre, hätte er den Frauen längst etwas angetan. Wir sehen uns später auf der Polizeistation.«

Ragnar schwang die Beine aus dem Bett, stand auf und rammte sich den kalten Zigarrenstumpen, der in einem Aschenbecher auf der Kommode, die an der Wand gegenüber dem Bett stand, lag, zwischen die Lippen. Kurz darauf hatte er seine blaue Cordhose angezogen und die gelben Hosenträger über das karierte Baumwollhemd gespannt. Nun schlüpfte er in seinen Friesennerz, steckte die Füße, über die er zuvor geringelte Socken gezogen hatte, in die Clogs und marschierte zu seinem E-Bike, das an der Hauswand lehnte.

Er strampelte bis zum Ende des Radwegs und eilte im Laufschritt zur Hütte. Dort traf er auf eine Handvoll Schaulustige und vier Feuerwehrmänner, die die verkohlten Überreste des Schuppens auf Glutnester hin untersuchten.

»Moin Ragnar.« Der älteste von ihnen, ein Mann mit mächtigem Bierbauch und einem weißen Vollbart, drehte sich zu ihm um.

»Moin Wilko. Habt ihr hier alles unter Kontrolle?«

»Jo. Der Schuppen war nach unserer Ankunft nicht mehr zu retten. Glücklicherweise hat der Wind die Flammen vom Haus weggetrieben, sonst wäre das baufällige Ding auch noch abgebrannt.«

»Wurde der Schuppen vorsätzlich in Brand gesetzt?«

»Davon gehe ich aus, denn in der Nähe gibt es keinen Gefahrenherd, der einen Funkenflug verursacht haben könnte. Das herauszufinden ist aber deine Aufgabe.«

Er schlug dem Hauptkommissar kumpelhaft auf die Schulter und machte sich dann wieder an die Arbeit. Hansen betrachtete die überwiegend jungen Menschen, die

die verkohlten Überreste des Schuppens fotografierten, einen Moment lang, und trat dann zu ihnen.

»Hat jemand von Ihnen etwas gesehen?«

»Außer dem Feuer?«, hakte ein blonder Hüne unnötigerweise nach und lachte meckernd.

»Ich dachte eher an einen Verdächtigen.«

Auch wenn der Hauptkommissar die Döspaddel, die mehr Lebenszeit in der digitalen als in der realen Welt zu verbringen schienen, gerne zurechtgewiesen hätte, schluckte er die scharfe Erwiderung, die ihm bereits auf der Zunge gelegen hatte, herunter. Mit einer Auseinandersetzung war niemandem geholfen.

»Der Spökenkieker wird seinen Schuppen selbst abgefackelt haben«, mutmaßte der Angesprochene, bevor er süffisant hinzufügte: »Wir können froh sein, dass er in seinem Wahn kein Hotel oder eine Bar niedergebrannt hat.«

»Kennen Sie sich mit menschlichen Wahnvorstellungen aus? Sind Sie Psychologe?« Der Hauptkommissar musterte sein Gegenüber aus zusammengekniffenen Augen.

»Nee, aber ...«, stammelte der Hüne.

»Demnach fehlt Ihnen also jede fachliche Kompetenz für eine sachkundige Behauptung«, fiel ihm der Hauptkommissar, der sich nur noch mit Mühe beherrschen konnte, ins Wort.

»Ist doch kein Geheimnis, dass der Kerl nicht mehr alle Nadeln an der Tanne hat.«

Hansen schob den Zigarrenstumpen vom linken Mundwinkel in den rechten. Seine Geduld mit jenen Zeitgenossen, die die Schlagzeilen einer Boulevardzeitung und jeden Kommentar in den sozialen Netzwerken ungefiltert als ultimative Wahrheit übernahmen, war erschöpft. »Wenn Sie nichts zum Tathergang zu sagen haben, müssen Sie diesen Platz jetzt räumen.«

»Ich habe mit dem Spökenkieker gesprochen«, ließ sich nun ein Glatzkopf vernehmen und deutete Richtung Ostfriesenstraße. »Er war wegen des Brandes vollkommen außer sich. Auf seinen Wunsch hin habe ich die Feuerwehr angerufen, aber dann ist er einfach abgehauen.«

»Haben Sie außer ihm noch jemanden gesehen?«, hakte Hansen sofort nach.

»Am Ende der Straße habe ich eine Gestalt bemerkt, aber das kann auch nur ein Schatten gewesen sein.«

»Hat noch jemand mit Bjarne Joken gesprochen oder etwas gesehen, das uns bei den Ermittlungen helfen kann?« Der Hauptkommissar blickte in die Runde, aber niemand antwortete.

»Wenn keiner etwas zu sagen hat, solltest ihr jetzt besser verschwinden. Von Ihnen brauche ich die Personalien.« Er deutete auf den Glatzkopf.

»Uwe Graber. Bekomme ich jetzt Ärger?«

»Im Gegenteil. Sie scheinen hier der einzig Vernünftige zu sein. Sollten weitere Fragen auftauchen, werde ich mich bei Ihnen melden. Wenn Ihnen in der Zwischenzeit etwas einfällt, können Sie mich jederzeit anrufen. Jede Kleinigkeit kann wichtig sein.«

Der Hauptkommissar kramte in seiner Hosentasche nach einer Visitenkarte und drückte sie Uwe Graber in die Hand.

»Mein Urlaub ist aber in fünf Tagen zu Ende.«

»Bis dahin wissen wir hoffentlich mehr.«

Hansen sah den Schaulustigen nach, bis sie von der Dunkelheit verschluckt wurden. Dann ging er zur Hütte, deren Tür offenstand.

»Bjarne? Bist du hier?«, fragte er, obwohl er keine Antwort erwartete. Wenige Augenblicke später hatte er die Behausung inspiziert, ohne den Verdächtigen zu finden. Der Hauptkommissar setzte sich vorsichtig auf einen der beiden Stühle, stützte die Hände auf die Oberschenkel und kaute nachdenklich auf seinem Zigarrenstumpen.

Hatte Bjarne den Brand durch Unachtsamkeit selbst verschuldet? Hatten die Herausgeberinnen der *Zeitenwende* den Schuppen angezündet, um darüber in ihrer Zeitung berichten zu können? War der Brandanschlag – sofern das Feuer tatsächlich vorsätzlich gelegt worden war – von einem Vollpfosten verübt worden, der spektakuläre Fotos im Internet hochladen wollte, oder steckte mehr dahinter?

»Wir machen uns jetzt vom Acker«, rief ihm der Bierbäuchige durch die geöffnete Tür zu. Der Hauptkommissar stand auf und trat hinaus.

»Der Brandherd ist gesichert. Tschüss.« Er winkte ihm zu und drehte sich dann um.

»Holl di munter«, verabschiedete Hansen den Feuerwehrmann und blickte mit Magengrummeln in den nachtklaren Sternenhimmel. Das Gefühl, dass sich über der Insel ein mörderisches Unwetter zusammenbraute, war so stark wie lange nicht mehr. Er musste Bjarne Joken finden, bevor etwas wirklich Schlimmes geschah. Dabei wusste Hansen nicht einmal, ob er die Menschen vor dem Spökenkieker oder den Spökenkieker vor den Menschen schützen sollte – schließlich war es nach dem Feuer keinesfalls auszuschließen, dass einige selbsternannte Hilfssheriffs die Jagd auf den Mann eröffneten.

Der Hauptkommissar kramte sein Smartphone aus der Hosentasche und klingelte den Hafenmeister aus dem Bett. Kurz darauf hatte er Reederei und Inselflieger ebenfalls über die Fahndung nach dem Flüchtigen informiert. Auch wenn der Spökenkieker auf Borkum so bekannt war wie ein Seehund in elegantem Abendkleid, würden die Verantwortlichen ein Foto an alle Mitarbeiter rausgeben.

Da Bjarne die Insel nicht unbemerkt verlassen konnte, würde er sicherlich für eine Weile untertauchen –

schließlich kannte er auf Borkum jeden Schlupfwinkel. Weil der Hauptkommissar ihn ohne Unterstützung in dieser Nacht keinesfalls finden würde, radelte er zur Polizeistation. Dort traf er seinen Kollegen, der an seinem Arbeitsplatz saß und die Tastatur malträtierte.

»Hast du etwas herausgefunden?«, fragte Hansen anstelle einer Begrüßung und hängte seinen Friesennerz an die Garderobe.

»Möglicherweise.« Jan sah auf.

»Was willst du mir denn damit sagen?« Der Hauptkommissar schlurrte zu seinem Schreibtisch und ließ sich auf den Stuhl fallen.

»Anita Vogts war bei meiner Befragung außer sich und hat Personenschutz für sich und ihre Kollegin verlangt. In ihren Augen ist Bjarne ein geisteskranker Killer. Meinen Einwand, dass er sie nicht einmal verletzt hat, wollte sie nicht gelten lassen. Niemeier hat von der ganzen Sache nichts mitbekommen und so tief geschlafen, dass ich sie wecken musste. Ihren Angaben zufolge nimmt sie verschreibungspflichtige Schlaftabletten. Ich habe mir das Rezept und die Packung zeigen lassen.«

»Wie ist der Spökenkieker denn ins Haus gekommen?«

»Allem Anschein nach durch die Kellertür. Da keine Einbruchsspuren zu erkennen waren, wird die Tür unverschlossen gewesen sein, auch wenn Anita Vogts behauptet, sie vor dem zu Bett Gehen abgeschlossen zu haben. In dem Heizungsraum habe ich eine frische Sandspur gefunden, die zur Treppe führt, über die man in den Flur gelangt. Zunächst dachte ich, dass sie vom Spökenkieker stammt, aber dann ...« Jepsen verstummte.

»Aber *was*?« Hansen stützte die Arme auf den Schreibtisch und beugte sich vor.

»Ich bin mir nicht sicher.«

»Wo soll der Sand denn sonst herkommen?«

»Von Anita Vogts.« Der junge Polizist blickte seinen Vorgesetzten ernst an. »Im Flur und unter dem Schuhregal habe ich etwas Sand entdeckt. Die Sneakers, unter denen der Sand auf dem Boden lag, gehörten der Journalistin.«

»Willst du mir damit etwa sagen, dass sie den Schuppen abgefackelt und den Spökenkieker ins Haus gelockt hat?«

»Wäre möglich. Als ich sie auf den Sand angesprochen habe, hatte sie keine Erklärung dafür.«

»Sie könnte tagsüber einen Strandspaziergang gemacht haben.«

»Davon gehe ich keinesfalls aus.«

»Wieso das denn?« Hansen beugte sich noch weiter vor.

»Weil das Haus klinisch rein ist wie eine Arztpraxis. Es riecht dort sogar leicht nach Desinfektionsmittel. Die Frauen müssen wahre Sauberkeitsfanatikerinnen sein.«

»Meines Wissens hat Anita Vogts eine schwere Neurodermitis. Vielleicht braucht sie deshalb eine besonders keimfreie Umgebung. Worauf willst du eigentlich hinaus?«

»Dass eine der beiden Frauen den Sand bis zum Abend sicherlich beseitigt hätte.«

»Da ist was dran.« Der Hauptkommissar lehnte sich in seinem Stuhl zurück und klippte die Finger hinter die Hosenträger. »Deiner Theorie nach hat Anita Vogts also den Brand gelegt und wurde dabei vom Spökenkieker beobachtet. Dieser hat sie dann bis zu ihrem Haus verfolgt, ist dort eingedrungen und dann wieder verschwunden. Einfach so.« Hansen schnippte mit den Fingern. »Das ergibt keinen Sinn.«

»Klingt seltsam, ich weiß. Hoffentlich findet die Spurensicherung an den Schuhen Hinweise wie Rußpartikel oder Holzsplitter, die uns weiterhelfen können.«

»Du hast die Schuhe mitgenommen?« Hansen riss die Augen auf.

»Selbstverständlich. Sie können wichtige Beweismittel sein.«

»So viel kriminalistischen Spürsinn hätte ich dir nicht zugetraut.«

»War das jetzt ein Kompliment oder eine Beleidigung?«

»Darüber kannst du dir bei Gelegenheit den Kopf zerbrechen.«

Der Hauptkommissar grinste und ließ die Hosenträger flippen.

Leichenfund

Borkum, Juli

Heike Gessner bändigte ihre dunkelblonde Mähne mit einem Stirnband und schnürte danach ihre Laufschuhe. In den letzten sieben Wochen hatte sie ihren Vorsatz, weniger zu rauchen und mehr Sport zu treiben, in die Tat umgesetzt, obwohl der innere Schweinehund an manchen Tagen kaum zu bändigen war. Auch heute hatte er sich beim Klingeln des Weckers lautstark gemeldet und sie als *verrückte Idiotin* beschimpft, weil sie mit der Sonne aufstand, um vor der Arbeit in der Buchhandlung am Strand zu joggen.

Sie griff nach dem Schlüssel, der im Flur in einer Holzschale lag, die auf einer schmalen Kommode stand. Beim Blick auf die danebenliegende Zigarettenpackung seufzte sie leise. Früher hatte sie den Tag mit einem Kaffee und einem Glimmstängel begonnen, aber heute würde sie laufen.

Die Buchhändlerin und Hobbyautorin öffnete die Tür und schloss diese schnell hinter sich, als könnte sie ihren inneren Schweinhund im Haus einsperren. Aber das Mistvieh ließ sich ungern an die Kette legen und versuchte weiterhin, sie von ihrem Vorhaben abzubringen.

»Halt den Sabbel«, wies sie seine nörgelnde Stimme in ihrem Kopf zurecht und startete ihre Runde, die sie über den Strand und anschließend durch die Dünen führte. Inzwischen brauchte sie für die knapp acht Kilometer nur noch vierzig Minuten.

Bei ihrem ersten Lauf hatte sie fast eine Stunde benötigt und danach geschnauft wie eine Dampflok, die sich über einen steilen Berg quält. Jetzt war sie nach dem Joggen noch immer außer Puste, aber das Seitenstechen war verschwunden und auch ihr Herz schlug nicht mehr im Stakkato in ihrer Brust.

Heike lief in gemächlichem Tempo von ihrem Haus, das am Ende der Strandmauer in den Dünen lag, Richtung Nordsee.

Eine laue Brise wehte. Weiße Wolken zogen über einen Himmel, den der Sonnenaufgang auch an diesem frühen Morgen als Leinwand für ein farbenprächtiges Gemälde nutzte. Der Anblick dieses unglaublichen Naturschauspiels raubte ihr auch heute den Atem. Die Wellen plätscherten gemächlich an den Strand. Borkum präsentierte sich an diesem Tag wie aus einem Hochglanzprospekt für Inselreisen.

Heike lief bis zur Wasserkante und wandte sich dann in östlicher Richtung. Nach wenigen Minuten hatte sie ihren Laufrhythmus gefunden und den inneren Schweinehund, der sie zur Rückkehr bewegen wollte, in einen Gedankenkäfig gesperrt und zum Schweigen verdonnert.

Die schwerfälligen Schritte, mit denen sie ihre Runde gestartet hatte, fühlten sich mit jedem zurückgelegten Meter leichter an. Der Strand war um diese Uhrzeit menschenleer. Aber das würde sich bald ändern, denn in der Hauptsaison war die Insel voller Urlauber – von denen einige sicherlich wieder zum Haus des Spökenkiekers pilgern würden. Seit dem Zeitungsbericht war der arme Mann zu einem Internetstar geworden und für ein Foto oder einen Videoclip, auf dem Bjarne Joken zu sehen war, bekam man im Internet Likes ohne Ende.

Nach dem Lesen des Zeitungsartikels hatte Heike zunächst Juliane Niemeier anrufen wollen, weil ihr der Artikel über den Spökenkieker nicht gefallen hatte. Obwohl sie die Journalistin, die sie vor einigen Tagen auf ein Interview für die nächste Ausgabe angesprochen hatte, nur flüchtig kannte, hatten sie sich bei den bisherigen

Treffen so ungezwungen unterhalten wie alte Freundinnen. Eine solch reißerische Berichterstattung hatte sie von einer seriösen Journalistin – für die sie Juliane und ihre Kollegin bisher gehalten hatte – keinesfalls erwartet.

Heike steigerte das Tempo.

Der innere Schweinehund war verschwunden und einem Glücksgefühl gewichen, das sie aus Zeitschriften und Fachbüchern als *Runner's High* kannte. Auch jetzt empfand sie die körperliche Betätigung kaum noch als Anstrengung und Heike hatte das Gefühl, ewig weiterlaufen zu können. Sie genoss die Euphorie, die auf eine Ausschüttung von Endorphinen zurückzuführen war, und breitete die Arme aus, als wollte sie die ganze Welt an sich drücken.

Einige hundert Meter vor der Hütte des Spökenkiekers bemerkte sie ein größeres Stück Treibholz, das die nächtliche Flut an den Strand gespült haben musste. Es war bunt, wie ein angemalter Mast. Neugierig lief die Buchhändlerin darauf zu und mit jedem Schritt wurden die Konturen des Strandgutes etwas klarer, bis sie einen Menschen erkannte, der leblos im Sand lag.

Heike sprintete los. Die Person, bei der es sich um eine Frau zu handeln schien, lag auf dem Rücken. Sie ging in die Hocke und drehte den Körper herum – was schwerer war, als sie erwartet hatte. Wenige Sekunden später blickte Heike in das Gesicht von Anita Vogts. Die verlaufende Wimperntusche zog dunkle Schlieren über die Wangen.

Die Euphorie, die sie noch vor wenigen Augenblicken gespürt hatte, verschwand augenblicklich und machte einem lähmenden Entsetzen Platz. Heike beugte sich über die Journalistin und taste nach einem Puls. Als sie keinen fand, begann sie sofort mit Erste-Hilfe-Maßnahmen, aber nach einer Weile, die ihr wie eine Ewigkeit vorkam, musste sie die Sinnlosigkeit ihres Handelns erkennen.

Anita Vogts war tot. Allem Anschein nach war sie beim Baden ertrunken und die Flut hatte ihre Leiche an den Strand gespült. Aber ... warum sollte sie ausgerechnet an diesem abgelegenen Strandabschnitt ins Wasser gehen – noch dazu in einem bunten Sommerkleid?

Die Nordsee wird euch alle holen.

Die Drohung des Spökenkiekers hallte in ihrem Kopf nach wie ein Echo. Hatte sich das Meer ein weiteres Opfer geholt, oder war Anita ertränkt worden?

Der Gedanke an einen Mord ließ Heike erschaudern. Sie suchte nach ihrem Smartphone, um den Rettungsdienst zu verständigen, auch wenn dieser aller Wahrscheinlichkeit nach auch nichts mehr ausrichten konnte. Wenige Sekunden später erinnerte sie sich daran, das Gerät auf dem Nachttisch liegen gelassen zu haben.

Sie stand auf und wollte gerade loslaufen, als sie aus den Augenwinkeln eine dunkle Gestalt wahrnahm, die aus den Dünen über den Strand lief – direkt auf sie zu.

Heike rannte. Die Leichtigkeit, mit der sie zuvor über den Strand geflogen war, war einer bleiernen Schwere gewichen. Die Füße schienen immer tiefer im Sand zu versinken. Sie biss die Zähne zusammen und kämpfte sich vorwärts, aber der Verfolger war schneller als sie.

Sie warf einen Blick über die Schulter. Die dunkle Gestalt war noch immer gesichtslos, aber bald schon würde sie den heißen Atem ihres Verfolgers im Nacken spüren und dann würde ... *was* geschehen?

Heike hatte nicht vor, es herauszufinden. Sie erhöhte das Tempo, obwohl sich das Blut in ihren Beinen in Beton verwandelt zu haben schien, der nun aushärtete und eine Bewegung unmöglich machte. So sehr sie sich auch bemühte – die dunkle Gestalt kam immer näher.

»Hilfe«, schrie sie und bereute es im selben Moment, denn die Luft, die sie für den Schrei verbraucht hatte, fehlte ihr nun zum Laufen.

Sie taumelte und einige bange Momente hatte es den Anschein, als würde sie stürzen. Erst im letzten Moment konnte sie ihren Körper mit einem weiteren Ausfallschritt vor dem Fall bewahren und rannte auf Beinen, die jeden Moment wie Streichhölzer unter ihr nachzugeben drohten, weiter.

Panische Angst hatte jeden rationalen Gedanken ausgelöscht, denn Heike wusste nicht einmal, warum sie vor der dunklen Gestalt, die wie sie nur zufällig in der Nähe der Leiche gewesen sein konnte, floh. Sie wusste nur, dass sie es irgendwie nach Hause schaffen musste. Denn dort konnte sie die Tür hinter sich schließen und ihren Freund, den Polizisten Jan Jepsen anrufen. Bei ihm würde sie in Sicherheit sein. Aber bis dahin ...

Sie trat mit dem rechten Fuß in ein Sandloch und verlor das Gleichgewicht. Kurz wedelte sie so schnell mit den Armen, als wäre sie ein Vogel, der dem Unausweichlichen davonfliegen konnte. Aber dann forderte die Schwerkraft ihren Tribut und sie fiel bäuchlings in den Sand. Winzige Muschelstückchen und Sandkörner drangen in den Mund und staubten in die Nase. Heike rappelte sich auf, kam wieder auf die Beine und schwankte wie eine Betrunkene. Der Verfolger war nun so nah, dass sie ihn erkennen konnte.

»Spökenkieker«, flüsterte sie seinen Namen und floh.

Die Angst, die sie zuvor gelähmt hatte, schien ihr jetzt Flügel zu verleihen, denn nun vergrößerte sich der Abstand zwischen ihr und dem Verfolger.

»Auch du wirst der Nordsee nicht entkommen«, rief er ihr hinterher. Heike wagte nicht, sich umzusehen, sondern rannte einfach weiter. Das Herz schlug wie verrückt und mehr als einmal hatte sie das Gefühl, dass es wie ein überlasteter Generator durchbrennen würde. Trotzdem mobilisierte sie die letzten Kräfte und kämpfte sich Schritt für Schritt vorwärts.

Sandspiele

Borkum, Juli

Heike lag leblos im Sand. Die Ausläufer einer Welle leckten bereits an ihren Füßen. Bald schon würde sie ein Opfer des auflaufenden Wassers sein. Jan stand nur wenige Meter neben ihr. Seine Füße steckten bis zu den Knöcheln im Sand, der ihn unbarmherzig festhielt. Obwohl er mitten am Borkumer Strand stand, hatte er das Gefühl in Treibsand zu versinken. Mit zusammengebissenen Zähnen spannte er die Muskeln seines rechten Beines an – konnte es aber keinen Millimeter bewegen. Statt sich zu befreien, sackte er wie in Zeitlupe einige Zentimeter tiefer ein - als wollte ihn der Sand für seinen Befreiungsversuch bestrafen.

Hilflos musste er daher mitansehen, wie eine Brandungswelle Heike bis zur Hüfte überspülte. Dabei musste Jan an die Worte des Spökenkiekers denken, nach denen niemand dem Fluch der Nordsee entkommen konnte. Er wollte schreien, aber es kam kein Laut über seine Lippen.

Wenn Heike nicht bald erwachte, würde die Nordsee auch zu ihrem Grab werden. Der Gedanke, ihr nicht helfen zu können, war unerträglich. Um seiner Freundin aus der Flut retten zu können, musste er nur ... aufwachen.

Jan setzte sich in seinem Bett auf. Der Traum war noch immer so lebendig, als würde vor seinem inneren Auge ein Film ablaufen. Das schrille Signal der Türklingel, mit dem er aus dem Albtraum erwacht war, ertönte erneut. Er rieb sich über die Augen, stand auf und schlurfte in den Flur.

Jan drückte auf den elektronischen Öffner und hörte ein leises Summen aus dem Treppenhaus. Wenige Augenblicke später wurde die Haustür aufgedrückt und jemand eilte die Stufen hinauf. Er öffnete die Wohnungstür.

»Spökenkieker. Leiche.«

Heike zitterte am ganzen Körper. Obwohl Jan keinesfalls an Prophezeiungen, Wahrsagungen oder ähnliche Dinge glaubte, kroch ihm bei dem Gedanken an seinen grauenvollen Traum, der nun langsam verblasste, eine Gänsehaut über den Rücken. Er legte den Arm um seine Freundin und zog sie an sich.

»Komm rein.«

Mit den staksigen Bewegungen eines mechanischen Spielzeugs trat Heike in sein Appartement und setzte sich auf die Bettkante.

»Was ist passiert?« Jan ließ sich neben ihr nieder.

»Ich habe Anita Vogts am Strand gefunden. Als ich Hilfe holen wollte, hat mich der Spökenkieker verfolgt. Zuerst dachte ich, dass er mich töten wollte, aber er hat mir nur gedroht und ist dann verschwunden.«

»Hast du schon mit Hansen telefoniert?«

»Nee, denn ich habe kein Handy dabei und bin sofort zu dir gelaufen.«

Er drückte sie an sich. »Hier bist du in Sicherheit. Ich kümmere mich um alles Weitere. Wo hast du Anita Vogts denn gefunden?« Jan griff nach seinem Mobiltelefon.

»In der Nähe der Strandsauna.«

Wenige Minuten später hatte der junge Polizist einen Rettungsdienst verständigt und mit seinem Vorgesetzten telefoniert.

»Die Sanitäter sind schon unterwegs und der Notarzt müsste auch bald am Strand sein. Die Fahndung nach Bjarne Joken läuft bereits«, informierte er Heike, die sich inzwischen etwas beruhigt hatte.

»Könnte er Anita Vogts ertränkt haben?«

»Zunächst einmal muss die Todesursache offiziell festgestellt werden«, wandte Jan ein. »Wenn es Fremdeinwirkung war, ist Bjarne Joken einer unserer Hauptverdächtigen. Nach dem Brand in der letzten Nacht könnte er zu allem fähig sein.«

»Was für ein Brand?«

Jan erzählte ihr von dem brennenden Schuppen und seinem Verdacht, dass Anita Vogts das Gebäude angezündet haben könnte.

»Wenn er die Journalistin für die Brandstifterin hielt, hätte er sie doch in ihrem Haus umbringen können. Warum sollte er von dort verschwinden, um sie später zu ertränken?« Heike schüttelte den Kopf.

»Keine Ahnung. Sollten sich bei Anita Vogts Hinweise auf einen gewaltsamen Tod ergeben ...«

»Sie wird doch nicht freiwillig in voller Montur ins Wasser gegangen sein«, unterbrach Heike den Redefluss ihres Freundes und fügte hinzu: »Warum sollte sie nach dem grauenvollen Erlebnis in ihrem Haus überhaupt an den Strand gehen? Noch dazu in einem hübschen Kleid und mit Make-up? Das ergibt doch alles keinen Sinn.«

»Auf den ersten Blick nicht. Unsere Ermittlungen werden sicherlich Licht in die mysteriöse Angelegenheit bringen.« Jan gab sich zuversichtlicher, als er es war, denn die Fragen, die Heike gestellt hatte, geisterten auch in seinem Kopf herum. »Ich muss zur Polizeistation. Vorher bringe ich dich noch zu einem Arzt. Du solltest dich medizinisch durchchecken lassen.«

»Mir geht es gut.« Heike stand auf.

»Tut es nicht.« Jan ergriff ihre Hände.

»Es ging mir schon mal besser, das stimmt. Ich habe mir aber nur etwas Haut abgeschürft, dafür brauche ich keinen Doc.«

»Bist du sicher?« Jan zog die Augenbrauen hoch.

»Yep. Ich bin vollkommen durch den Wind, aber sonst okay.«

»Dann bringe ich dich jetzt nach Hause. Du solltest daheimbleiben, bis wir den Spökenkieker gefasst haben. Öffne niemandem die Tür und ruf mich sofort an, wenn du dich bedroht fühlst.«

»Was ist mit der Buchhandlung?«

»Das Geschäft bleibt vorerst geschlossen!«

»Der Spökenkieker wird mich schon nicht vor meinen Kunden umbringen. Wenn er mich ermorden wollte, hätte er es am Strand ohne Zeugen tun können.«

»Solange wir nicht wissen, wer für den Tod von Anita Vogts verantwortlich ist, solltest du dich besser nicht in der Öffentlichkeit sehen lassen«, wandte Jan ein.

Heike überlegte einen Moment. Dann nickte sie.

Nach einer Katzenwäsche zog Jan die Uniform an und begleitete Heike bis zu ihrem Haus. Dabei schob er seinen Rostesel, wie er sein Fahrrad nannte, und schwang sich erst in den Sattel, nachdem Heike die Eingangstür hinter sich verschlossen hatte.

Kurz darauf war er am Strand. Die Sanitäter und der Notarzt kümmerten sich bereits um Anita Vogts. Ragnar Hansen stand etwas abseits und kaute auf seinem Zigarrenstumpen. Trotz des strahlend blauen Himmels trug er seinen Friesennerz.

Jan ging zu ihm.

»Das ergibt alles keinen Sinn.« Der Hauptkommissar blickte gedankenverloren zu dem Rettungsteam, das anscheinend nichts mehr für Anita Vogts tun konnte, denn die Sanitäter zogen unverrichteter Dinge wieder ab. Der Notarzt trat zu den Polizisten.

»Für die Frau kam jede Hilfe zu spät.«

»Das hatte ich befürchtet. Gibt es Anzeichen für einen Kampf? Wurde sie vor ihrem Tod misshandelt?«

»Am Hals sind Würgemale zu erkennen. Weitere Fragen wird dir ein Gerichtsmediziner beantworten können.«

»Demnach können wir von einem Mord ausgehen?« Jan sah den Notarzt eindringlich an.

»Die Würgemale deuten auf eine Fremdeinwirkung hin. Mehr kann ich momentan nicht sagen. Die Leiche wird bald abgeholt und in die Rechtsmedizin gebracht. Ich mach mich jetzt vom Acker.«

Er winkte ihnen zum Abschied zu und verschwand in den Dünen.

Der Hauptkommissar seufzte vernehmlich und machte sich auf den Weg zur Leiche. Jan folgte ihm.

Glücklicherweise waren an diesem frühen Morgen noch keine Spaziergänger unterwegs, aber das würde sich bald ändern. Die Polizisten suchten den Fundort nach Beweisen ab, allerdings ohne etwas zu finden. Spuren waren im weichen Sand nicht zu entdecken. Sollten im Watt Fußabdrücke gewesen sein, hatte die Flut diese längst verwischt.

»Schiet ok. Wir haben nicht den kleinsten Hinweis.«

»Wir müssen den Sand in der Nähe der Leiche sieben. Wenn Vogts umgebracht wurde, könnte der Täter dort etwas verloren haben.«

»Jan, das ist eine gute Idee. Dann solltest du jetzt den Tatort sichern und dir ein Sieb besorgen.«

»Na toll. Ich darf wieder die Deppenarbeit machen. Was tust du in der Zeit?«

»Nachdenken. Mit dieser altmodischen Polizeiarbeit habe ich die meisten Fälle gelöst. Wir sehen uns später.«

Der Hauptkommissar klopfte Jan auf die Schulter und trottete zu den Dünen.

Der junge Polizist sah ihm nach. Da er weder ein Flatterband noch ein Sieb dabeihatte, zog er mit der Ferse ein Rechteck um die Leiche, das niemand betreten durfte.

Dann kniete er sich hin, rammte die Hände in den Sand und ließ diesen durch seine Finger rieseln – wobei er sich ziemlich bescheuert vorkam. Hoffentlich kam niemand auf die Idee, ihn bei seiner Arbeit zu fotografieren oder gar zu filmen und die Aufnahmen danach ins Internet zu stellen. Auf Kommentare wie *Inselpolizist bei Sandkastenspielen* oder *Uniformierter Vollpfosten baut Sandburg* konnte er gut verzichten.

Flaschenpost

Borkum, Juli

Hansen hatte zunächst nach dem Verdächtigen suchen wollen, diese Überlegung dann aber aufgegeben, denn ohne Unterstützung seiner Kollegen vom Festland hatte er keine Chance, den inselkundigen Spökenkieker in seinem Versteck aufzustöbern.

Statt Borkum nach Bjarne Joken abzusuchen, würde er sich dessen ärmliche Behausung vornehmen – in der Hoffnung, dort Hinweise auf die grauenvolle Tat oder seinen Aufenthaltsort zu finden.

Glücklicherweise waren zu dieser frühen Stunde noch keine Schaulustigen vor Ort. Wenn der Tod von Anita Vogts und das Verschwinden des Spökenkiekers auf der Insel und im Internet die Runde machte, würde sich das sicherlich ändern.

Hansen warf einen kurzen Blick auf die verkohlten Überreste des Schuppens und trat dann in die Hütte, deren Tür nie verschlossen zu sein schien.

Auf dem kleinen Tisch stand eine Flasche. Der Hauptkommissar runzelte die Stirn. Soweit er sich erinnern konnte, war in der letzten Nacht nichts auf dem Tisch gewesen.

Er beugte sich vor und nahm die Buddel in Augenschein. Auf den ersten Blick schien es eine weitere Flaschenpost zu sein, wie sie Bjarne an die Touristen verhökerte.

Der Hauptkommissar trat an das Regal, in dem weitere versiegelte Flaschen standen. Diese waren sand- und muschelverkrustet und in jeder war eine vergilbte Papierrolle sichtbar. Die Flasche auf dem Tisch war hingegen staubig und darin befand sich eine bunte Rolle, bei der es sich um ein Bild oder Foto handeln konnte.

Hansen kehrte zum Tisch zurück und beugte sich so weit über die Flasche, bis seine Nasenspitze das Glas beinahe berührte. Im Licht, das durch das Fenster und die offenstehende Tür in den Raum fiel, konnte er eine Augenpartie erkennen.

Der Hauptkommissar stutzte. Warum hatte der Spökenkieker ein Bild und keinen Zettel in diese Flasche gesteckt? Weshalb stand die alte Buddel auf dem Tisch und nicht im Regal, wie alle anderen? Wieso war sie staubig und nicht sandverkrustet?

Hansen ging zur Spüle, in der sich schmutziges Geschirr stapelte. Nach wenigen Augenblicken hatte er ein Messer gefunden. Damit kehrte er zum Tisch zurück, kramte ein Papiertaschentuch aus seiner Hosentasche und wickelte es um den Flaschenhals, um dort keine Fingerabdrücke zu hinterlassen oder andere Spuren zu verwischen. Vorsichtig schabte er mit der Klinge das dunkelrote Wachs ab und öffnete die Flasche. Mit spitzen Fingern zog er das Bild heraus und rollte es auseinander.

»Schiet ok!«, entfuhr es ihm, als er Anita Vogts erkannte. Bei dem Foto handelte es sich offensichtlich um einen Schnappschuss, der sie lachend und mit einem Glas Sekt in der Hand zeigte. Hansen drehte das Bild um.

In dieser Nacht wirst du dem Fluch der Nordsee nicht entkommen, stand dort in krakeliger Schrift. Darunter war das gestrige Datum zu lesen.

»Das darf doch nicht wahr sein.« Der Hauptkommissar kaute auf seinem Zigarrenstumpen. Demnach schien Bjarne Joken doch kein harmloser Spinner zu sein, wie er immer angenommen hatte, sondern ein mörderischer Psychopath. Wenn er die Gefahr, die von diesem Menschen ausging, rechtzeitig erkannt hätte, würde die Journalistin noch leben.

Wie hatte er sich nur so in dem alten Mann irren können? Weshalb hatte er alle Warnsignale ignoriert? Eine derartige Fehleinschätzung war ihm in seiner gesamten Laufbahn noch nie passiert.

Hansen ging zum Regal und nahm die fünf versiegelten Flaschen heraus, wobei er auch hier das Papiertaschentuch verwendete. Er stellte sie nebeneinander auf den Tisch und öffnete alle mit dem Messer. Wenige Minuten später hatte er weitere fünf Todesbotschaften vor sich liegen, bei denen allerdings ein Datum fehlte. Da diese weder ein Foto noch einen Namen enthielten, schien es sich dabei um jene Prophezeiungen zu halten, mit denen der Spökenkieker die Urlauber verschreckte, die aus morbider Neugier seine Flaschen kauften.

Bisher schien alles nur ein Geschreibsel gewesen zu sein - so harmlos wie eine Fahrt mit der Geisterbahn, aber durch den reißerischen Artikel in der Zeitschrift hatte sich die Sache anscheinend geändert. Hansen musste den Spökenkieker finden, bevor er weitere Menschen töten konnte.

Auf der Suche nach Hinweisen stellte er die Wohnung auf den Kopf, allerdings erfolglos. Zwischen den Utensilien, die der Flüchtige wahllos in Schränke und das Regal gestopft zu haben schien, fand er nichts, was mit dem Mord oder dem Aufenthaltsort des Spökenkiekers in Verbindung zu stehen schien.

Der Hauptkommissar informierte die Kollegen der Spurensicherung, die sich die Hütte so schnell wie möglich vornehmen sollten, und versiegelte dann die Tür.

Eine Stunde später hatte er sowohl den Strand, an dem Jan noch immer nach Spuren suchte, mit Flatterband abgesperrt und auch das Areal um die Hütte damit gesichert.

Die Schaulustigen, die sich inzwischen vor dem Gebäude eingefunden hatten, verscheuchte Hansen mit dem Hinweis auf polizeiliche Ermittlungen und machte sich danach auf den Weg zur Redaktion der *Zeitenwende*.

Da Jan am Tatort unabkömmlich war, musste er Anitas Mitbewohnerin die traurige Nachricht allein überbringen. Der Hauptkommissar hasste diesen Teil seines Jobs, denn die richtigen Worte bei einer Todesnachricht zu finden, war ihm schon immer schwergefallen.

Auf sein Klingeln reagierte zunächst niemand. Er wollte schon wieder gehen, als ihm die Tür von Juliane Niemeier geöffnet wurde. Ihre Haare standen vom Kopf ab und glichen einem vom Wind zerrupften Möwennest. Sie trug ein hellblaues Nachthemd mit langen Ärmeln und dem Aufdruck eines Seehundes, das ihr bis zu den Knien ging. Die Füße steckten in rosafarbenen Plüschpantoffeln.

»Moin. Kann ich kurz reinkommen?«

»Wieso? Haben wir etwas ausgefressen?« Sie verschränkte demonstrativ die Arme vor der fülligen Brust und musterte ihn mit einem abschätzenden Blick.

»Es geht um Anita Vogts.«

»Anita? Was ist mit ihr?« Ihre Stimme zitterte leicht.

»Sie wurde am Strand gefunden.«

»Gefunden? Ist etwas passiert?« Die Buchstaben vibrierten nun wie Glas, das in Schwingungen versetzt wird und die zur Schau gestellte Mauer der Selbstsicherheit bröckelte.

»Können wir drinnen reden?«

Juliane Niemeier machte einen Schritt zur Seite. Der Hauptkommissar trat ein und drückte die Tür hinter sich zu.

»Frau Vogts ist verstorben.«

»Anita ist tot?« Niemeier sprach das letzte Wort so leise aus, dass es kaum zu verstehen war, und blickte ihn aus großen Augen an.

»Es tut mir leid.«

In Momenten wie diesen hätte Hansen gerne eine Mütze gehabt, die er vom Kopf nehmen und zwischen seinen Fingern kneten konnte. Da er mit seinen Händen nichts anzufangen wusste, steckte er sie in die Hosentaschen.

»Es tut Ihnen leid?«, schrie ihn die Journalistin urplötzlich an, wobei Tränen über ihre Wangen liefen. »Wenn Sie den Irren eingesperrt hätten, würde Anita noch leben.«

»Momentan wissen wir nicht, ob der Spökenkieker mit ihrem Tod etwas zu tun hat und ...«

»Wer denn sonst?« Ihre Stimme überschlug sich nun vor Aufregung. »Der Psycho ist in der letzten Nacht in dieses Haus eingedrungen und hat Anita bedroht. Nur ein Vollpfosten kann diesen Zusammenhang übersehen.«

Der Hauptkommissar atmete tief durch, da er sich von dieser Beleidigung nicht aus der Ruhe bringen lassen wollte. Schließlich musste sein Gegenüber die Schreckensnachricht erst einmal verdauen. Zudem behielt er die Information, dass die Verstorbene möglicherweise für die Brandstiftung verantwortlich war, zunächst für sich. »Wir stehen noch ganz am Anfang unserer Ermittlungen. Sollte Bjarne Joken etwas mit dem Tod Ihrer ...«

Er verstummte, weil er nicht wusste, was Anita für die Hinterbliebene war.

Geschäftspartnerin? Freundin? Lebensgefährtin?

Er kannte die Gerüchte, nach denen einige Insulaner davon ausgingen, dass die beiden Frauen mehr verband als reine Freundschaft. Dem Gefühlsausbruch nach zu urteilen, musste Niemeier die Verstorbene sehr geliebt haben. In ihrer Trauer schien ihr nicht einmal aufgefallen zu sein, dass er seinen Satz nicht beendet hatte.

Sie wischte sich über die Augen und senkte den Kopf, als wäre er ihr zu schwer geworden. »Wie ist sie denn gestorben?«

»Allem Anschein nach ist sie ertrunken«, antwortete Hansen, ohne die Würgemale zu erwähnen.

»Das ist unmöglich. Anita schwamm wie eine Meerjungfrau. Das Wasser war ihr Element.«

Hansen kannte die ablehnenden Reaktionen naher Angehöriger bei einer Todesnachricht. Mit dem Leugnen versuchten die Hinterbliebenen einen Schutzwall zwischen sich und den Tod zu ziehen.

»Nach dem Obduktionsergebnis werden wir mehr wissen.«

»Sie müssen den Spökenkieker sofort festnehmen. Der Kerl ist ein gefährlicher Killer.«

Bei dem Wort *Killer* bohrte ihm Juliane Niemeier den Zeigefinger in den Solarplexus. Dann drehte sie sich abrupt um und trottete den Gang entlang. Hansen blieb irritiert stehen.

Da sie ihn nicht zum Gehen aufgefordert hatte, folgte er ihr in die Küche. Die Journalistin hatte sich auf einen Stuhl fallen lassen und saß dort so zusammengesunken, dass sie den Hauptkommissar an eine Marionette erinnerte, die ein Puppenspieler achtlos abgelegt und dann vergessen hatte.

»Können Sie mir sagen, wann Frau Vogts das Haus verlassen hat?«

Niemeier blickte auf. »Nein. Nach dem Einbruch haben wir alle Türen verriegelt und die Fenster geschlossen. Ich bin kurz danach wieder ins Bett gegangen, weil ich mich wie eine Schlafwandlerin gefühlt habe. Die Tabletten sind ziemlich heftig, aber ohne die Dinger kann ich nicht mehr pennen.«

»Demnach haben Sie die ganze Nacht durchgeschlafen?«
»Bis jetzt. Sie haben mich geweckt.«
»Könnte sich Frau Vogts mit jemandem getroffen haben?«
»Wie gesagt, ich ...«
»Schon gut.« Der Hauptkommissar hob die Hand. »Haben Sie denn eine Erklärung für das Sommerkleid, das Anita bei ihrem Tod trug? Wenn jemand in der Nordsee schwimmen will, zieht er normalerweise kein Kleid an und legt vorher Make-up auf.«
»Kleid? Make-up?« Niemeier reckte den Kopf vor. »Warum sollte sich Anita mitten in der Nacht schick anziehen und aufbrezeln?«
»Keine Ahnung. Ich hatte gehofft, dass Sie mir etwas dazu sagen können.«
»Als ich ins Bett ging, hat Anita dort gesessen und ein Glas Wein getrunken.« Sie deutete auf einen leeren Stuhl. »Wenn ich mich recht erinnerte, hatte sie ein T-Shirt und eine Jeans an und war ungeschminkt. Nach dem Schrecken musste sie erst mal wieder runterkommen und wollte danach auch schlafen gehen. Könnte sie jemand gekidnappt haben?«
»Sagten Sie nicht vorhin, dass die Türen und Fenster verschlossen waren? Für eine Entführung müsste sich jemand gewaltsam Zutritt zum Haus verschafft haben. Ich sehe mich nach Einbruchsspuren um.«
Eine halbe Stunde später hatte der Hauptkommissar alle Räume inspiziert und sich Fenster und Türen genau angesehen.
»Hier ist alles in Ordnung. Wer hat denn einen Schlüssel zu diesem Haus?«
»Nur Anita und ich.«
»Dann müssen wir davon ausgehen, dass sie das Haus freiwillig verlassen hat.«
»In einem Kleid? Das würde sie niemals machen.«

»Bei der Leiche wurde kein Smartphone gefunden. Könnte es noch im Haus sein?«

»Ich sehe mal nach.« Niemeier erhob sich und verließ die Küche. Wenige Minuten später kehrte sie mit einem Laptop und einem Smartphone zurück.

»Das sind Anitas private Geräte. Das Passwort des Laptops müsste Av05091987 sein, vielleicht klappt das auch beim Smartphone. Möglicherweise finden Sie dort Hinweise, die Ihnen weiterhelfen.«

»Was ist mit den Computern in der Redaktion?«, hakte der Hauptkommissar sofort nach.

»Die können Sie keinesfalls konfiszieren. Darauf befinden sich vertrauliche Dokumente. Als Journalistinnen müssen wir unsere Quellen schützen.«

»Verstehe. Gibt es nahestehende Verwandte, die von ihrem Ableben benachrichtigt werden müssen?«

»Anita ist ...« Niemeier schluckte schwer und korrigierte sich dann. »... war ein Einzelkind. Die Eltern sind tot. Ich bin ihre einzige Bezugsperson.«

»Sollte der Spökenkieker Anita Vogts wegen des Zeitungsberichts umgebracht haben, befinden auch Sie sich in Gefahr und sollten die Insel daher für einige Tage verlassen.«

»Das ist unmöglich, denn die nächste Ausgabe der Zeitschrift muss pünktlich erscheinen.«

»Können Sie vom Festland aus arbeiten?«

»Nein. Unsere Computer und andere Arbeitsmittel befinden sich in diesem Haus. Die Zeitung war Anitas großer Traum und unser Lebenswerk. Dafür werde ich bis zur letzten Stunde kämpfen. Das bin ich ihr schuldig.« Sie blickte ihn trotzig an.

»Wie Sie wollen. Passen Sie auf sich auf und halten Sie sich zu unserer weiteren Verfügung. Ich finde allein raus.«

Juliane Niemeyer nickte schwach.

Überlegungen

Borkum, Juli

Nach seinem Besuch bei Juliane Niemeier trottete der Hauptkommissar gedankenverloren zur Polizeistation. In der linken Hand hielt er das Smartphone, in der rechten den Laptop.

Obwohl der Gerichtsmediziner die Leiche noch nicht untersucht hatte, zweifelte er keinesfalls an einem Mord. Die entscheidende Frage war nur, ob Bjarne Joken etwas damit zu tun hatte, denn für ihn hätte sich Anita sicherlich kein Kleid angezogen.

Inzwischen waren die ersten Urlauber auf den Straßen. Vor den Bäckereien hatten sich bereits längere Schlangen gebildet. Der Duft nach frisch gebackenem Brot und leckerem Kuchen waberte Hansen entgegen und erinnerte ihn daran, dass er seit einem frühen Abendessen – einer Portion Labskaus – nichts mehr zu sich genommen hatte. Einem ersten Impuls folgend wollte er sich bei seinem Lieblingsbäcker in der Nähe der Polizeistation anstellen, entschied sich dann aber dagegen, weil er bei den Ermittlungen keine Zeit vergeuden wollte.

An seinem Arbeitsplatz füllte er seinen Becher mit dem kalten Kaffee, der sich noch in der Kanne befand, und stellte ihn auf seinen Schreibtisch. Dann öffnete er die unterste Schublade und nahm eine Packung Knäckebrot heraus. Er aß die drei Scheiben, die sich noch darin befanden, und spülte das trockene Brot mit Kaffee runter.

Nach der kargen Mahlzeit machte er sich an die Arbeit und wollte das Smartphone mit dem Code entsperren, den Niemeier ihm genannt hatte, aber das Gerät wies ihn auf einen Fehlversuch hin. In der Annahme, dass er sich vertippt hatte, probierte Hansen es erneut, aber auch jetzt kam eine Fehlermeldung.

»Schiet ok«, grummelte der Hauptkommissar und widmete sich dem Laptop, der ihm mit diesem Passwort Zugang gewährte.

In den nächsten beiden Stunden sah er sich die darauf gespeicherten Dateien an. Neben Fotos, die Vogts zusammen mit Juliane zeigten, waren darauf auch Kinderbilder, auf denen sie mit einem Mann und einer Frau zu sehen war, bei denen es sich offensichtlich um ihre Eltern handelte. Ein Ordner enthielt hunderte Naturaufnahmen von Borkum.

Als Hansen vier Fotos des Borkumer Hotels *Muschelkönig* und drei Aufnahmen des Eigentümers Klaus Tütken zwischen den Bildern fand, stutzte er einen Moment.

Dann erinnerte er sich an einen Bericht über das Hotel, der in der letzten Ausgabe der *Zeitenwende* erschienen war, die er nach dem Lesen des Artikels über den Spökenkieker in den Papierkorb geworfen hatte.

Über das Hotel war auf der Insel kontrovers diskutiert worden, weil Gäste unter sechzehn Jahren dort nicht geduldet wurden. Viele Urlauber hatten eine Familienfeindlichkeit beklagt, während einige Erholungssuchende die Ruhe hervorhoben, die sie in anderen Unterkünften nicht fanden, weil ihnen der quäkende Nachwuchs auf die Nerven ging.

Glücklicherweise hatte Jan die Zeitung gerettet. Hansen stand auf, ging zum Schreibtisch seines Kollegen, und griff nach der dort liegenden Ausgabe der *Zeitenwende*. Er setzte sich damit auf seinen Stuhl und blätterte die Seiten durch.

Bei dem Text über den Spökenkieker spürte er wieder Wut in sich aufsteigen. Hansen war sicher, dass Bjarne niemals zu einem Verbrecher geworden wäre, wenn man ihn einfach in Ruhe gelassen hätte.

Weshalb hatte ihn die *Zeitenwende* ins Rampenlicht der Öffentlichkeit zerren müssen? Warum hatten ihn einige Vollpfosten im Internet wie eine Jahrmarktsattraktion zur Schau gestellt?

Der Hauptkommissar starrte einen Moment auf das Foto, das den Spökenkieker mit wildem Bart und zerzausten Haaren am Strand zeigte, wo er mit weit aufgerissenen Augen in die Kamera blickte. Dann blätterte er weiter und fand wenige Seiten später einen Artikel über das Hotel *Muschelkönig* und den Inhaber Klaus Tütken, der die luxuriöse Herberge seit vielen Jahren zusammen mit seiner Frau Astrid leitete.

In der Zeitung waren auch die Fotos, die er auf dem Laptop der Toten gefunden hatte. Hansen überflog den Text, in dem das Unternehmerehepaar stolz von der Tradition des Hotels und den vielen Prominenten erzählte, die dort schon genächtigt hatten. Der Artikel war eher eine Werbung für die Luxusbude als eine objektive Berichterstattung.

Der Hauptkommissar legte die Zeitschrift auf seinen Schreibtisch und dachte nach. Warum waren die Bilder einer Reportage auf dem privaten Laptop von Anita Vogts und nicht auf einem Rechner in der Redaktion?

Mit dem Gedanken, Juliane Niemeier danach zu fragen, durchsuchte er den Laptop nach weiteren Hinweisen - allerdings ohne etwas zu entdecken, das mit dem Tod von Vogts in Zusammenhang stehen könnte. Die Aufnahmen des *Muschelkönigs* waren die einzige Verbindung zu ihrem Job als Journalistin.

Hoffentlich befanden sich auf dem Smartphone Hinweise, die ihm bei der Aufklärung des Falls weiterhalfen. Jan würde das Gerät schon irgendwie aktivieren können.

Der Hauptkommissar gab *Anita Vogts* in eine Internetsuchmaschine ein – wie der jüngere Kollege es ihm gezeigt hatte. Auch wenn ihm das digitale Wunderland noch immer suspekt war, konnte er sich dieser Welt keinesfalls verschließen. Schließlich war er nicht von gestern, auch wenn Jan ihn immer wieder einen technischen Neandertaler nannte.

Am späten Vormittag rieb sich Hansen über die Augen. Die Bildschirmarbeit hatte ihn ermüdet. Er konnte nicht verstehen, wie jemand seine Lebenszeit freiwillig vor einem Monitor verbringen konnte. Sein Kollege hatte ihm erklärt, dass der Bildschirm für viele Menschen das Fenster in eine digitale Welt war, in der sie sein konnten, was immer sie wollten. In den Augen des Kommissars war ihr Verhalten nichts weiter als die Flucht vor einer Realität, die die Menschen nicht ertragen konnten.

Dass das Internet inzwischen immer größere Auswirkungen auf die Wirklichkeit hatte, hatte der Spökenkieker auf grauenvolle Weise erfahren müssen. Was würde nur geschehen, wenn die Realität von einer digitalen Flutwelle überrollt wurde? Konnte man Fiktion und Wirklichkeit irgendwann noch unterscheiden? Musste er ...

»Verdamminochmol«, fluchte Hansen und lehnte sich in seinem Stuhl zurück. Die Zeit, die er im Internet nach Informationen gesucht hatte, hätte er besser mit Nachdenken verbracht. Er schlüpfte aus seinen Clogs und legte die Füße auf den Tisch. Dann faltete er die Hände über dem Bauch und schloss die Augen. Ein Nickerchen würde ihm sicherlich guttun und seine grauen Zellen wieder in Schwung bringen.

Mörderinsel

Borkum, Juli

»Das darf doch nicht wahr sein. Auf der Suche nach Beweisen drehe ich am Strand jedes Sandkorn um und der Chef pennt bei der Arbeit.« Jan marschierte ins Büro und rüttelte seinen Vorgesetzten an der Schulter.

»Ich habe nicht geschlafen, sondern intensiv nachgedacht.« Hansen unterdrückte ein Gähnen, nahm die Füße vom Schreibtisch und sah seinen Kollegen an. »Hast du zumindest etwas gefunden, das uns bei den Ermittlungen helfen könnte?«

»Nee, im Sand war nichts. Die Leiche wurde inzwischen abtransportiert und wird auf das Festland gebracht. Hoffentlich bekommen wir das Obduktionsergebnis so schnell wie möglich. Was sind das für Geräte?« Jan deutete auf den Laptop und das Smartphone.

»Die Dinger gehören Anita Vogts. Den Laptop habe ich mir bereits angesehen, aber keine verwertbaren Spuren darauf gefunden.«

»Hast du auch den Browserverlauf gecheckt?«

»Browserwat?«

»Den Verlauf der Internetseiten, die sie sich angesehen hat. Wir hatten in der letzten Woche noch darüber gesprochen und ...«

»Sabbel nicht so viel, sondern sieh dir dieses Browserdings und das Smartphone an. Ich hole mir erst einmal was zum Essen. Willst du auch ein Fischbrötchen?«

»Ich habe in den letzten drei Tagen nichts anderes gegessen«, nölte Jan.

»Wir sind hier auf Borkum«, erinnerte ihn Hansen. »Auf der Insel sind Fischbrötchen so etwas wie ein Nationalgericht.«

»Dann nehme ich ein Brötchen mit Brathering.«

»Gute Wahl. Bis später.«

Der Hauptkommissar schlüpfte in Clogs und Friesennerz und verließ die Polizeistation. Die Straßen waren an diesem frühen Mittag voller Urlauber, die sich in den Außenbereichen der Restaurants und Bars drängten und sich bei der Sommerhitze ein herbes Bier oder ein leckeres Eis schmecken ließen.

Auf dem Weg zum Fischstand in der Bismarckstraße, an dem es Hansens Meinung nach die besten Matjesbrötchen Ostfrieslands gab, sah er kurz beim *Borkumer Bookje* vorbei.

Die Tür der Buchhandlung von Heike Gessner stand offen. Demnach war Jans Freundin also nicht daheimgeblieben – was Hansen gewundert hätte, denn ihr Sturkopf war ausgeprägter als bei einem sturmerprobten Ostfriesen. Zudem schien sie gegen jeden vernünftigen Ratschlag immun zu sein.

Er betrat das Geschäft, in dem sich um diese Zeit sieben Kunden befanden, die in den Regalen stöberten.

Die Buchhändlerin unterhielt sich gerade mit Juliane Niemeier. Der Hauptkommissar runzelte die Stirn. Was um alles in der Welt machte die Journalistin denn hier?

»Moin.« Er trat zu den beiden Frauen. Heike wandte sich ihm zu und die Journalistin blickte ihn aus geröteten Augen an.

»Wolltest du nicht zu Hause bleiben?«

Hansen musterte die Buchhändlerin bei dieser Frage mit durchdringendem Blick. Diese schaute zu Boden, wie eine Schülerin, die beim Rauchen ertappt worden war.

»Ich habe es daheim nicht mehr ausgehalten. Der Spökenkieker wird mir in der Öffentlichkeit schon nichts tun.«

»Zudem wird uns der Hauptkommissar vor allen Bösewichtern beschützen, oder etwa nicht?« Die Stimme von Juliane Niemeier triefte vor Verachtung. Hansen, der weder Lust noch Nerven für eine Auseinandersetzung hatte, verkniff sich eine spitze Bemerkung und fragte stattdessen: »Was machen Sie eigentlich hier?«

»Im Gegensatz zu Ihnen mache ich meinen Job. Die Artikel für die Zeitung schreiben sich nicht von allein. Da Heike Gessner die Titelgeschichte der nächsten Ausgabe werden soll, habe ich sie zu einem Gesprächstermin in die Redaktion eingeladen. Wir sehen uns dort.« Den letzten Satz richtete sie an die Buchhändlerin, die Juliane zum Abschied in den Arm nahm.

»Wenn ich dir helfen kann, bin ich jederzeit für dich da.«

»Das ist lieb von dir. Bis dann.« Niemeier wischte sich über die Augen und stampfte aus dem Geschäft.

»Hat Jan dich zu mir geschickt?« Heike blickte den Hauptkommissar fragend an.

»Sehe ich etwa aus wie sein Laufbursche?«

»Nee, aber ... egal«, winkte sie ab und deutete mit einem Kopfnicken zur Tür, die sich hinter Niemeier geschlossen hatte. »Die arme Frau ist vollkommen fertig.«

»Ich hätte nicht gedacht, dass sie sich nach der Todesnachricht sofort in die Arbeit stürzt.«

»Damit kann sie sich zumindest ablenken. Sich daheim die Augen aus dem Kopf zu heulen wäre auch für mich keine Option. Zudem muss die Zeitung weiterhin erscheinen.«

»Da ist was dran. Pass auf dich auf, hörst du?«

»Ich wusste nicht, dass dir so viel an mir liegt.« Heike rang sich ein schiefes Lächeln ab.

»Ich möchte nur verhindern, dass Jan deinetwegen traurig ist und sich nicht vernünftig konzentrieren kann. Holl die munter.« Er verabschiedete sich und schlurrte zur Fischbude.

Wenig später setzte er sich mit der Tüte in der einen und einer Wasserflasche in der anderen Hand auf eine Bank auf der Strandpromenade und beobachtete das bunte Treiben der Urlauber, die zwischen den Strandzelten und Strandkörben mit einem Ball spielten, an der Nordsee entlangschlenderten oder mit ihrem Nachwuchs Muscheln suchten. Dem Lachen und Juchzen nach zu urteilen, wusste niemand von dem heutigen Leichenfund und es war seine Aufgabe, für die Sicherheit der Gäste zu sorgen.

Im Gegensatz zu Ihnen mache ich meinen Job.

Auch wenn ihm der sarkastische Unterton von Juliane Niemeier nicht gefallen hatte, war ihre Kritik durchaus berechtigt. Wenn er den Spökenkieker besser im Auge gehabt hätte, würde Anita Vogts möglicherweise noch leben.

Missmutig kehrte Hansen nach der Mahlzeit in die Polizeistation zurück. Jan blickte auf. »Warum hat das denn so lange gedauert? Ich bin am Verhungern.«

»Ist das deine Art, mir für das Fischbrötchen zu danken?«

»War nicht so gemeint.« Jan griff nach der Tüte, die ihm sein Vorgesetzter anreichte.

»Besser ist das. Heike ist übrigens in der Buchhandlung.« Hansen zog seinen Friesennerz aus und hängte ihn an die Garderobe.

»Echt jetzt?«

»Jo. Unvernunft scheint ihr zweiter Vorname zu sein. Aber sonst hätte sie sich auch kaum mit dir eingelassen.«

Im ersten Moment schien Jan etwas erwidern zu wollen, aber dann biss er herzhaft in das Fischbrötchen und kaute mit vollen Backen. »Dasch ischt scho lescher.«

»Hast du in der Zwischenzeit etwas rausgefunden?« Bei der Frage deutete der Hauptkommissar auf das

Smartphone, das auf Jans Schreibtisch lag. Dieser schluckte den Bissen, den er im Mund hatte, hinunter.

»Das Passwort des Smartphones habe ich leider nicht knacken können. Wir werden das Gerät zu unseren Experten schicken müssen, die werden den Code bestimmt herausfinden.«

»Was ist mit dem Daddelkasten?« Hansen zeigte auf den aufgeklappten Laptop.

»Im Browserverlauf waren nur wenige Adressen verzeichnet. Kurz vor ihrem Tod war Vogts in sozialen Netzwerken aktiv und hat sich dort Berichte über den Spökenkieker angesehen. Die letzte aufgerufene Adresse führte zur Kontaktseite des *Muschelkönigs*.«

»In der aktuellen Ausgabe der *Zeitenwende* war ein Bericht über das Hotel«, überlegte der Hauptkommissar laut, ging zu Jan und sah ihm über die Schulter. Auf dem Monitor des Laptops war ein Bild des Hotels zu sehen, darunter befanden sich die Fotos des Inhabers Klaus Tütken und seiner Frau Astrid. »Warum hat sie die Website in der Todesnacht aufrufen?«

»Keine Ahnung. Sieh mal, was ich im Internet gefunden habe.«

Der junge Polizist wandte sich wieder dem Polizeicomputer zu und öffnete eine Website, auf der ein Chatverlauf zu sehen war.

Tod dem Spökenkieker.
Der Psycho hat die Frau gekillt.
Borkum ist eine Mörderinsel.
Die Provinzbullen sind Vollpfosten!
Lasst uns den Irren gemeinsam jagen. Wer ist dabei?
Ich mache mit. Treffen wo?
Keine Selbstjustiz.
Die uniformierten Spacken unternehmen doch nichts.
Wir müssen uns selbst schützen.

»Schiet ok.« Der Hauptkommissar schob den Zigarrenstumpen in den linken Mundwinkel.

»Minütlich erscheinen neue Kommentare. Die meisten Schreibenden werden zwar nur Tastenhelden sein, die nicht einmal auf Borkum sind. Wenn sich aber nur zehn Prozent an der Jagd beteiligen, haben wir ein riesiges Problem, denn auf anderen Plattformen formieren sich auch Gruppen, die nach dem Spökenkieker suchen wollen.«

»Wir müssen Bjarne Joken finden, bevor ihn ein aufgepeitschter Mob in seinem Versteck aufspürt und hinrichtet.« Hansen ballte die rechte Hand zur Faust und schlug damit in seine linke Handfläche.

»Dann sollten wir uns besser an die Arbeit machen. Wo würdest du dich verstecken?«

Der Hauptkommissar überlegte. »In einer Wohnung oder einem Ferienhaus, auch wenn es während der Hauptsaison kaum leerstehende Gebäude geben dürfte. Vielleicht hat er sich auch in einem Wohnwagen auf dem Campingplatz verkrochen. Wenn die Eigentümer nicht auf der Insel sind und ihr Domizil nicht vermietet haben, wird es eine Weile dauern, bis wir ihn dort aufspüren.«

»Sollte der Spökenkieker wirklich irgendwo eingebrochen sein, muss er ständig mit einer Entdeckung rechnen. Wir sollten eine Information an alle Hausverwaltungen herausgeben. Zudem muss er sich irgendwo Lebensmittel beschaffen. Daher müssen wir auch die Geschäfte in die Fahndung mit einbeziehen.«

»Da ist was dran. Die Vorschläge hätten von mir kommen können. Aus dir kann doch noch etwas werden.« Er schlug Jan anerkennend auf die Schulter.

»War das etwa ein Lob?«

»Nee, nur ein sentimentaler Anfall.«

Wenige Minuten später machten sich die Polizisten auf die Suche nach dem Flüchtigen. Dabei hielten sie nach Einbruchspuren wie zerschlagene Fenster oder aufgestemmte Türen Ausschau, überprüften Wohnwagen und Zelte auf dem Campingplatz – nur um abends mit leeren Händen in die Polizeistation zurückzukehren.

»Der Kerl ist wie vom Erdboden verschluckt.« Hansen hängte seinen Friesennerz an die Garderobe, setzte sich und hackte auf seine Computertastatur ein.

»Willst du das Ding in seine Einzelteile zerlegen?« Jan, der ihm nach einem langen – und frustrierenden – Arbeitstag ins Büro gefolgt war, prophezeite: »Früher oder später werden wir ihn schnappen.«

»Schlauschnacker«, grummelte Hansen und schob seinen Zigarrenstumpen in den linken Mundwinkel.

»Mit deiner schlechten Laune werden wir den Fall sicherlich nicht lösen.«

»Nee, und ... tut mir leid. War nicht so gemeint.«

Der Hauptkommissar lehnte sich in seinem Stuhl zurück und drückte die Daumen hinter die Hosenträger.

»War das etwa eine Entschuldigung?« Jan trat zum Schreibtisch seines Vorgesetzten.

»Nee, das war nur ein weiterer sentimentaler Anfall. An deiner Stelle würde ich mir nichts darauf einbilden. Ich zweifle keinesfalls an unserem Fahndungserfolg. Ich bin nur unsicher, ob wir ihn *rechtzeitig* schnappen.«

»Was meinst du damit?«

»Wenn der Spökenkieker für den Tod von Anita Vogts verantwortlich ist, könnte Juliane Niemeier sein nächstes Opfer sein. Bisher waren seine Prophezeiungen nur Sprüche, die niemand ernst genommen hat. Nun scheint dem Kerl eine Sicherung durchgebrannt zu sein und ich kann nicht sagen, wozu dieser Mann noch fähig ist. Zudem müssen wir ihn finden, bevor er selbsternannten Bürgerwehren in die Hände fällt. Bei der Erinnerung an die fünf Spacken, die mit finsteren Blicken durch die Straßen patrouillierten, läuft es mir noch immer kalt den Rücken runter.«

»Nach deinem Anschiss werden sie bestimmt nicht länger nach dem Flüchtigen suchen. Ich wusste gar nicht, dass du so aufbrausend sein kannst.«

»Dann solltest du mich besser nicht verärgern.« Hansen grinste schief.

»Die Gruppe der Schaulustigen vor der Hütte des Spökenkiekers hast du übrigens nicht ganz rechtskonform aufgelöst. Für die Drohung, alle an die Wattwürmer zu verfüttern, könntest du Ärger bekommen.«

»Wegen Umweltverschmutzung?« Der Hauptkommissar griente.

»Ich verstehe immer noch nicht, warum Bjarne die Journalistinnen nicht in ihrem Haus getötet hatte, als er die Gelegenheit dazu hatte. Vogts war ihm hilflos ausgeliefert und die schlafende Niemeier wäre eine leichte Beute gewesen«, kam Jan wieder auf das Verbrechen zu sprechen.

»Auf die Frage habe ich auch keine Antwort.« Der alte Polizist ließ die Hosenträger flippen, bevor er hinzufügte: »Hoffen wir, dass uns die Ergebnisse der Spurensicherung weiterhelfen. Hast du noch mal etwas von Heike gehört?«

»Ich habe vorhin mit ihr telefoniert, hatte ich dir das noch nicht gesagt? Sie ist wieder zu Hause. Auch wenn sie sich bei dem Gespräch locker gegeben hat, konnte ich die Anspannung in ihrer Stimme spüren. Die Begegnung mit dem Spökenkieker steckt ihr noch immer in den Knochen.«

»Geh ruhig zu ihr. Ich übernehme die Nachtschicht.«

»Echt jetzt? Ich bin doch dran.«

»Auf mich wartet niemand.«

»War das etwa ein weiterer sentimentaler Anfall? Bevor deine Freundlichkeiten chronisch werden, solltest du lieber psychologische Hilfe in Anspruch nehmen.« Jan zwinkerte seinem Vorgesetzten zu und stand auf.

»Das muss am Alter liegen. Ich werde dafür sorgen, dass es nicht wieder vorkommt. Und jetzt mach dich vom Acker, bevor ich es mir anders überlege.«

»Wir sehen uns morgen.« Jan verließ im Laufschritt das Büro. Der Hauptkommissar lehnte sich in seinem Stuhl zurück und dachte nach. Für ihn waren Ermittlungen wie ein Puzzle, bei dem jede Erkenntnis ein Teil war, das er mit anderen zusammenfügen musste, bis sie ein stimmiges Bild ergaben. Die wenigen Teile, die er bisher im Mordfall Anita Vogts gefunden hatte, passten allerdings nicht zusammen, obwohl alle Hinweise auf den Spökenkieker deuteten – der überall sein konnte. Aber nicht überall sein wollte.

Seit dem Untergang seines Kutters hatte Bjarne jeden Morgen den Strand nach Überlebenden abgesucht. Würde er, auch auf die Gefahr hin, festgenommen zu werden, nach seinen Männern Ausschau halten?

Hansen erinnerte sich vage an einen Schwur, von dem der Spökenkieker vor längerer Zeit gesprochen hatte, und nach dem Bjarne bis zu seinem Tod nach der Crew suchen würde.

Dabei wusste jeder rational denkende Mensch, dass es für seine Männer keine Rettung gab und nach so langer Zeit nicht einmal die Leichen gefunden werden würden. Aber der Spökenkieker handelte nicht rational, sondern lebte seit dem Unglück in seiner eigenen Welt.

Hatte der Zeitungsbericht aus dem harmlosen Spinner einen gefährlichen Killer gemacht? Hansen musste diese Frage beantworten, bevor weitere Menschen getötet wurden.

Der Hauptkommissar stand auf und ging in die kleine Küche. Dort machte er sich einen Kaffee der Marke *Herztod*, der das aromatische Getränk wie eine ölige Brühe aussehen ließ, füllte seinen Lieblingsbecher mit dem heißen Koffeinkick und kehrte damit an seinen Arbeitsplatz zurück.

In den nächsten Stunden ging er alle Hinweise zum Mordfall noch einmal durch – ohne die ungeklärten Fragen beantworten zu können.

Eine Stunde vor Sonnenaufgang verließ Hansen die Polizeistation und machte sich auf den Weg zur Hütte des Spökenkiekers. Wenn der alte Mann seinen Schwur nicht brechen wollte, musste er auch heute wieder den Strand nach Überlebenden absuchen. Der Polizist legte sich in einer Düne auf die Lauer, von der aus er die Wasserkante gut einsehen konnte, ohne selbst bemerkt zu werden.

Eine laue Brise wehte und strich sanft über den Strandhafer. Außer dem Rauschen der Wellen und den Schreien der Möwen war nichts zu hören. Dem prachtvollen Sonnenaufgang, der jeden Fotografen in Entzückung versetzt hätte, schenkte er keine Beachtung. Seine Augen waren auf die Nordsee gerichtet, die sich mit jeder Welle etwas mehr vom Strand einverleibte.

Urplötzlich bemerkte Hansen eine Gestalt, die sich von Osten her nährte und duckte sich tiefer in die sandige Mulde. Als er den Spökenkieker erkannte, richtete er sich auf und eilte auf ihn zu. Zu Hansens Überraschung floh Bjarne nicht, sondern blieb stehen und starrte ihn an.

»Dachte ich mir doch, dass du auch heute nach deinen Männern suchst.« Der Hauptkommissar baute sich vor ihm auf.

»Ich werde meine Crew niemals aufgeben.«

»Du bist gestern in der Nähe einer Leiche gesehen worden.« Hansen ließ sein Gegenüber bei dieser

Bemerkung nicht aus den Augen. Als erfahrener Ermittler wusste er, dass sich Verdächtige oft nicht durch Worte, sondern durch Gesten oder unbewusste Bewegungen verrieten - wie das Zucken der Mundwinkel.

»Ich habe die Frau nicht umgebracht. Die Nordsee hat sie sich geholt.« Die Worte des ehemaligen Skippers klangen so emotionslos wie eine Lautsprecherdurchsage der Deutschen Bahn. Seine Mimik strahlte ruhige Gelassenheit aus.

»Warum habe ich dann eine versiegelte Flasche mit ihrem Foto und dem Todestag in deiner Hütte gefunden?«

»Davon weiß ich nichts.« Der Spökenkieker blickte gedankenverloren auf das Meer.

»Wo warst du in der letzten Nacht?«

»Am Strand.«

»Kann das jemand bezeugen?« Der Hauptkommissar schob seinen Zigarrenstumpen in den linken Mundwinkel.

»Schätze nicht.«

»Hast du jemanden gesehen?«

»Nee.«

»Sehr gesprächig bist du nicht gerade.«

»Ich habe nichts gemacht.«

»Warum hast du dich dann vor uns versteckt?«

»Zu viele Leute vor meinem Haus. Musste nachdenken.«

»Bjarne, du bist der Hauptverdächtige in einem Mordfall. Ich muss dich jetzt festnehmen und ...« Hansen verstummte, als er ein Pärchen bemerkte, das mit schnellen Schritten auf ihn zueilte. Da er mit Bjarne nicht unbemerkt verschwinden konnte, stellte sich der Hauptkommissar vor der Verdächtigen und musterte die Ankömmlinge aus zusammengekniffenen Augen.

»Wen haben wir denn da?« Ein Muskelprotz, der in den letzten Stunden entschieden zu viel Alkohol getrunken hatte, stellte sich breitbeinig vor Hansen.

»Sie behindern eine polizeiliche Aktion. Gehen Sie bitte weiter.«

»Polizeiliche Aktion? Willst du mich verarschen? Du siehst aus wie der letzte Penner. Wahrscheinlich machst du mit dem Bekloppten gemeinsame Sache.«

Der Hauptkommissar kramte in seiner Hosentasche und hielt dem Mann seinen Dienstausweis unter die Nase.

»Meine Fresse. Aus welchem Altersheim bist du denn gekrochen?«

»Wenn Sie sofort abziehen, werde ich von einer Anzeige wegen Beleidigung absehen.«

»Ich habe niemanden beleidigt, sondern nur nett gefragt.« Sein Grinsen erinnerte Hansen an einen zähnefletschenden Hund. Einen *hungrigen* zähnefletschenden Hund.

»Kalle, lass uns gehen«, ließ sich die Blondine vernehmen, die an seinem rechten Arm hing wie ein lebendes Accessoire. »Ich will keinen Ärger mit den Bullen.«

»Zum letzten Mal: Gehen Sie weiter, sonst ...«

»... was? Willst du mir etwa einen Gummiknüppel über die Birne ziehen oder mich abknallen?«

Bei dem Wort *abknallen* dachte der Hauptkommissar an seine Waffe, die daheim in einem gesicherten Schrank lag und die er in den letzten siebzehn Jahren nicht mehr gebraucht hatte. Hansen wich dem Blick seines Gegenübers nicht aus und einen Moment hatte es den Anschein, als wollten die Männer einander niederstarren. Dann drehte der Muskelprotz den Kopf zur Seite und musterte den Spökenkieker, der neben den Hauptkommissar getreten war.

»Die Nordsee wird auch dir ein feuchtes Grab bereiten!«, prophezeite dieser.

»Du hast doch nicht mehr alle Latten am Zaun.« Kalle machte einen Schritt auf den Spökenkieker zu, aber Hansen trat sofort dazwischen.

»Wenn Sie nicht augenblicklich verschwinden, werde ich Sie festnehmen.«

»Einen Scheiß wirst du. Ich werde mir den durchgeknallten Killer jetzt vornehmen. Wenn ich mit ihm fertig bin, wird er niemandem mehr etwas antun können.«

Die Adern am Hals des Muskelprotzes wandten sich wie Schlangen unter der Haut und er ballte die Hände zu Fäusten. Auch wenn der Polizist den Schlag kommen sah und sich zur Seite drehte, war er zu langsam. Der Fausthieb traf ihn mit der Wucht eines Vorschlaghammers an der rechten Schläfe und er kippte zur Seite wie ein nasser Sack. Wie durch Watte vernahm er einen grauenvollen Schmerzenslaut, dann hörte er Schritte, die sich schnell entfernten. Hoffentlich hatte der Angreifer den Spökenkieker nicht umgebracht.

Hansen rappelte sich stöhnend auf, knickte zur Seite weg und fiel wieder in den Sand. Sein Gesichtsfeld war verschwommen und er schüttelte den Kopf, um klarer sehen zu können. Langsam kehrten die Konturen zurück und dann erblickte er ... den Spökenkieker, der ihm die Hand reichte und wieder auf die Beine half.

»Was ist passiert?« Der Hauptkommissar stand unsicher auf seinen Beinen.

»Der Fluch der Nordsee ...«

»Bjarne, hör mir auf mit deinem Nordseefluch. Was hat der Mistkerl dir angetan? Du hast geschrien.«

»Nicht ich habe geschrien, sondern er.«

»Hast du den Kerl etwa verdroschen?«

»Ich habe ihm nur in seine Kronjuwelen getreten. Auf einem Kutter lernst du kämpfen, denn dort kann man keinem Streit aus dem Weg gehen. In den Hafenkneipen geht es auch oft ziemlich ruppig zu.« Der Spökenkieker grinste und für einen Sekundenbruchteil erkannte Hansen den Mann, der er vor dem Unglück gewesen sein musste. Dann war dieser Augenblick – sofern er überhaupt existiert hatte – vorbei und Bjarne Joken starrte ihn mit demselben ausdruckslosen Blick an wie zuvor.

»Warum bist du nicht geflohen?«

»Wo hätte ich denn hingehen sollen? Ich muss doch nach meinen Männern suchen.«

»Das wirst du zumindest für eine Weile nicht machen können. Du bist dringend tatverdächtig, Anita Vogts in der Nordsee ertränkt zu haben. Ich muss dich vorläufig festnehmen.«

»Ich habe die Journalistin nicht umgebracht.«

»Dann hast du auch nichts zu befürchten und kannst bald wieder nach deiner Crew Ausschau halten.« Mit dieser Aussage gab sich Hansen zuversichtlicher, als er war, und führte den Verdächtigen ab.

Rußpartikel

Borkum, Juli

»Wo hast du den Spökenkieker denn aufgespürt?«, fragte Jan seinen Vorgesetzten, als er zwei Stunden später im Büro der Polizeistation erschien. Die normalerweise tadellos sitzende Uniform des jungen Polizisten wies Falten auf und das Hemd war verknittert, als hätte er darin geschlafen. Das sonst so akkurat in Form gebrachte Haar wirkte, als hätte er es mit den Fingern gekämmt.

Der Hauptkommissar erzählte seinem Kollegen von der Verhaftung, wobei er die Begegnung mit dem Angreifer nicht erwähnte und mit den Worten schloss: »Die Kollegen werden ihn noch heute auf das Festland bringen.«

»Ich hätte nie gedacht, dass er auch während der Fahndung nach seinen Männern suchen würde.« Jan setzte sich und schaltete seinen Computer ein. »Anscheinend ist er wirklich in seiner eigenen Welt gefangen.«

»Das sehe ich auch so. Der Laborbericht des Schuhs ist vor einer Stunde gekommen.«

»Schuh? Welcher Schuh?« Jan fuhr sich mit der Hand durch die Haare und brachte diese damit vollkommen durcheinander.

»Der Schuh von Anita Vogts, den du zur Untersuchung ins Labor geschickt hast.« Hansen blickte ihn mit großen Augen an und fragte dann: »Was ist denn mit dir los?«

»Ich habe in der letzten Nacht kaum geschlafen.«

»Deinen Klamotten nach zu urteilen, warst du nicht einmal daheim.«

»Stimmt, ich war bei Heike.«

»Verstehe.« Hansen grinste süffisant.

»Nichts da. Wir haben die ganze Nacht nur geredet.«

»Du hast ihr doch hoffentlich nichts von unseren Ermittlungen erzählt.« Der Hauptkommissar blickte ihn streng an.

»Natürlich nicht. Jedenfalls ... nicht direkt.«

»Was soll das denn heißen?«

»Nicht so wichtig«, winkte Jan ab. »Von Heike habe ich übrigens erfahren, dass Anita für Juliane Niemeier mehr gewesen ist als nur eine Freundin. Allem Anschein nach waren die beiden ein Paar.«

»Das dachte ich mir. Bei meinem Besuch war Niemeier sehr aufgewühlt.«

»Die Journalistin ist sich sicher, dass der Spökenkieker ihre Lebensgefährtin umgebracht hat.«

»Wäre denkbar. An dem Schuh wurden übrigens Rußpartikel gefunden. Die Nähte waren teilweise aufgerissen, in den Zwischenräumen haben die Experten Sandkörner entdeckt. Auch wenn wir diese sicherlich nicht einer bestimmten Düne zuordnen können, gehe ich davon aus, dass Anita Vogts die Brandstifterin ist. Bjarne wird sie erkannt und aus Rache getötet hat.«

»Damit hat er ein Motiv. Aber warum am Strand und nicht im Haus? Weshalb hatte sich Anita hübsch gemacht? Über diese Fragen haben Heike und ich uns die ganze Nacht den Kopf zerbrochen.«

»Und Wein getrunken. Du hast eine Fahne wie tausend nackte Matrosen nach einem Landgang.«

»So schlimm?« Jan hielt die Hand vor seinen Mund und hauchte hinein.

»Habt ihr zumindest Antworten auf eure Fragen gefunden?«

»Leider nicht. Heike ist der Meinung, dass sich eine Frau mitten in der Nacht nur für einen Liebhaber derart aufbrezeln würde. In diesem Fall natürlich auch für eine Geliebte.«

»Haben Herr oder Frau Geheimnisvoll auch Namen?«

»Nee, leider nicht.«

»Demnach habt ihr also nichts außer alkoholschwangere Vermutungen.«

»Wenn Anita sich in der Nacht aus dem Haus geschlichen hat, um sich mit jemandem zu treffen, könnte diese Person die Journalistin in der Nordsee ertränkt haben.«

»Aus welchem Grund sollte jemand einen Menschen umbringen, mit dem man aller Wahrscheinlichkeit nach ein intimes Verhältnis hat?«

»Wenn wir davon ausgehen, dass Anita eine Affäre hatte, könnte sie diese in der Nacht beendet haben. Der oder die Unbekannte ist dann ausgerastet und hat Anita ertränkt.«

»Den geheimnisvollen Dritten gibt es oft in Romanen, aber selten in der Wirklichkeit. Bisher läuft alles auf den Spökenkieker hinaus. Er hatte ein Motiv, die Mittel und die Gelegenheit.« Bei jedem Begriff reckte der Hauptkommissar einen Finger in die Höhe.

»Da ist was dran, aber ... ich weiß nicht.« Jan runzelte die Stirn. »Die letzte Website, die sich Vogts vor ihrem Tod angesehen hat, war die Kontaktseite des *Muschelkönigs*. Wenn wir davon ausgehen, dass sie in der Mordnacht das Haus verlassen hat, um sich mit jemandem am Strand zu treffen, könnte diese Person dort abgestiegen sein. Das ist zwar nur eine vage Vermutung, aber mehr haben wir momentan nicht.«

»Dennoch ein guter Gedanke, der hätte von mir sein können. Wir sollten uns eine Liste mit den Gästen geben lassen und dabei das Augenmerk auf alle Urlauber richten, die nach der Mordnacht abgereist sind oder das Hotel überstürzt verlassen haben.«

Testament

Borkum, Juli

Heike fuhr sich mit der Hand über die Augen. Dann stand sie auf und öffnete die Fenster. Kühle Morgenluft wehte hinein und ließ die Vorhänge tanzen.

Die Buchhändlerin stützte sich auf die Fensterbank und ließ den Blick über die einmalige Dünenlandschaft der Insel schweifen. Über einen blassblauen Himmel zogen dünne Schleierwolken. Eine leichte Brise trug das Rauschen des Meeres zu ihr. Irgendwo schrie eine Möwe. Borkum präsentierte sich an diesem Vormittag wie eine Postkartenidylle.

Aber heute hatte sie keine Augen für die Schönheit der Insel, da sie an die gestrige Nacht denken musste, in der sie sich mit Jan den Kopf über die letzten Stunden von Anita Vogts zerbrochen hatte. Der Gedanke an einen geheimnisvollen Unbekannten oder eine Fremde, mit der sich die Journalistin am Strand getroffen haben könnte, ließ sie nicht mehr los, denn trotz aller Hinweise, die auf den Spökenkieker als Täter deuteten, glaubte sie nicht an seine Schuld. Am Strand hatte sie panisch reagiert, aber je mehr sie darüber nachdachte, desto weniger konnte sie sich Bjarne Joken als Mörder vorstellen. Der Sonderling war in der Vergangenheit immer friedlich gewesen. Natürlich konnte sich sein Verhalten nach der Veröffentlichung des Zeitungsberichts geändert haben, aber daran glaubte Heike keinesfalls.

Ihr kriminalistischer Spürsinn, der sie immer wieder literarisch morden ließ, war erwacht. In der Hoffnung, dass Juliane ihr einige Fragen beantworten konnte, würde sie vor dem Öffnen der Buchhandlung kurz bei der Journalistin vorbeischauen. Nach einer schnellen Dusche zog sich Heike ein leichtes Sommerkleid an, da die Sonne bereits zu dieser frühen Stunde eine enorme Kraft hatte.

Sie schwang sich auf ihr Fahrrad und radelte zum Bäcker. Mit einer Tüte frischer Brötchen in der Hand klingelte sie kurz darauf bei der *Zeitenwende*.

Zu ihrer Überraschung wurde die Tür bereits wenige Augenblicke später geöffnet – als hätte Juliane ihren Besuch erwartet. Trotz der morgendlichen Wärme trug sie eine dünne Strickjacke.

»Heike, das ist eine nette Überraschung. Komm doch rein.«

Sie ließ die Buchhändlerin eintreten. Die Frauen gingen in die Küche und Juliane machte Kaffee.

»Den brauche ich, denn in der letzten Nacht habe ich kein Auge zugetan. Schlaftabletten wollte ich nicht nehmen, da ich in der jetzigen Situation keinesfalls in einem Medikamentennebel umherirren will.«

»Anitas Tod ist eine unfassbare Tragödie.« Heike ergriff ihre Hand und drückte sie. »Ich bin immer für dich da, vergiss das nicht.«

»Das ist lieb von dir.« Juliane wischte sich über die Augen. »Du musst mich für eine elende Heulsuse halten.«

»Bestimmt nicht.«

Eine Viertelstunde später war der Tisch eingedeckt. Aus dem Brotkorb stieg der verlockende Duft frischer Backwaren auf, aber niemand griff zu.

»In der letzten Nacht habe ich Anitas Testament gefunden. Es war in einem Fotobuch, das ich ihr zum letzten Geburtstag geschenkt habe. Als ich mir die alten Bilder ansehen wollte, fiel es heraus.«

»Was steht darin?« Heike stellte ihre Tasse ab.

»Anita hat mir alles vermacht. Da das Testament handgeschrieben ist, habe ich keine Ahnung, ob es juristische Gültigkeit hat.«

»Zeig mal her.«

Juliane holte das Testament. Es bestand aus einem einzigen Satz, der auf einem Briefpapier geschrieben war.

Hiermit vermache ich meiner Lebensgefährtin Juliane Niemeier mein gesamtes Vermögen.

»Dem Datum nach hat Anita das Testament erst vor drei Wochen geschrieben.« Heike deutete auf die Zeitangabe neben der Unterschrift. »Könnte sie etwas von ihrem bevorstehenden Tod geahnt haben?«

»Keine Ahnung.« Juliane hob kraftlos die Schultern. »Die Vorstellung, dass Anita ein dunkles Geheimnis vor mir verborgen hat, bringt mich noch um den Verstand. Seit ihrem Tod ist mir so kalt, als wäre ich innerlich erstarrt.« Sie rieb sich über die Arme.

»Könnte es einen anderen Menschen in ihrem Leben gegeben haben?« Heike wagte sich vorsichtig an das Thema heran. Zu ihrer Überraschung reagierte Juliane nicht so abweisend, wie sie befürchtet hatte.

»Bis zu ihrem Tod hätte ich die Frage vehement verneint. Jetzt bin ich keinesfalls mehr sicher. Anita war meist leger gekleidet und hat sich nur bei besonderen Anlässen ein Kleid angezogen.«

»Demnach könnte sie sich mit jemandem getroffen haben und ...«

»Ich weiß es nicht, okay?«, schrie Juliane Heike an und entschuldigte sich nach einem Moment des Schweigens. »Tut mir leid, war nicht so gemeint. Momentan ist mein Leben ein einziger Scherbenhaufen. Nach dem Artikel über den Spökenkieker ist meine Welt wie ein Kartenhaus in sich zusammengefallen. Inzwischen bin ich nicht einmal sicher, ob der Spinner ihr Mörder ist, denn für ihn hätte sie niemals ihr Lieblingskleid angezogen.«

»Könnte Bjarne Joken sie unter einem Vorwand aus dem Haus gelockt haben?« Heike trank einen Schluck Kaffee.

»Wie hätte er das denn anstellen sollen? Der Irre wäre wohl kaum auf die Idee gekommen, sich als heimlicher Liebhaber auszugeben. Weißt du, ob die Polizisten auf Anitas Laptop und ihrem Smartphone Hinweise auf den Täter gefunden haben? Du bist doch mit dem jungen Polizisten zusammen«, wechselte Juliane urplötzlich das Thema.

»Das kann ich dir nicht sagen. Jan redet nicht über laufende Ermittlungen.«

»Verstehe. Ich habe mir in der letzten Nacht überlegt, dass ich den Tod von Anita in der nächsten Ausgabe als Titelstory bringen möchte. Bist du sauer, wenn das Porträt über dich einen Monat später erscheint?«

»Kein Problem.« Heike nickte.

»Das ist lieb von dir. Ich habe fast die ganze Nacht an dem Artikel gesessen. Möchtest du ihn lesen?«

»Gerne.« Die Frauen standen auf und gingen in den Raum, den Juliane als Redaktion bezeichnete. Im Flur trat Heike auf ein Brett, das so laut knarzte, dass sie erschrocken zusammenfuhr. In der Redaktion standen zwei Schreibtische. Auf einem von ihnen lagen drei Bücher über Kalligrafie, verschiedene Stifte und eine Trauerkarte, auf deren Vorderseite in geschwungenen Buchstaben zu lesen war: *Menschen sind Engel mit nur einem Flügel. Um fliegen zu können, müssen sie einander umarmen.*

»Hast du das geschrieben?«, wollte Heike wissen.

Juliane nickte. »Das war Anitas Lieblingsspruch. Ich hoffe, dass sie nun ein Engel ist und auf uns herabsieht. Auch wenn das total kitschig ist, hilft mir der Gedanke.«

»Ich bin sicher, dass Anita sich sehr darüber gefreut hätte.« Heike wollte Juliane tröstend in den Arm nehmen, machte es dann aber doch nicht – schließlich waren sie keine Freundinnen. Statt einer Umarmung strich sie ihr sanft über den linken Arm.

»Sieh mal.« Juliane setzte sich an einen Tisch, auf dem eine Schale mit Marzipankugeln stand. Ohne dass es ihr bewusst zu sein schien, steckte sie sich eine Kugel in den Mund und drückte auf die Enter-Taste.

Der Computer erwachte aus seinem Stand-by-Modus. Auf dem Bildschirm war nun der Schriftzug der *Zeitenwende* sichtbar. Juliane gab ein Passwort ein und öffnete dann eine Datei, in der sie den Nachruf über Anita gespeichert hatte.

Heike beugte sich vor und las den Text, der mit so viel Gefühl geschrieben war, dass sie nach der Lektüre Tränen in den Augen hatte. Der Artikel warf neben liebevollen Erinnerungen aber auch kritische Fragen zur Sinnlosigkeit des Todes und zum Hintergrund des Mordes auf.

»Der alte Hansen wird darüber nicht erfreut sein.«

Heike deutete auf eine Passage, in der Juliane die Arbeit der Polizei mit bissigen Worten infrage gestellt hatte.

»Das ist mir egal. Ich habe auch ein digitales Kondolenzbuch auf unserer Website *Zeitenwende* eingerichtet. Dort können sich alle Leser von Anita verabschieden, die nicht an der Beerdigung teilnehmen können.«

»Das ist eine gute Idee. Ich muss jetzt leider los und die Buchhandlung öffnen.«

Heike verabschiedete sich und schritt nachdenklich zum *Borkumer Bookje*. Ankes Tod schien ein dunkles Tuch über Borkum gelegt zu haben, so dass der Sonnenschein die Insel nicht wie sonst erstrahlen lassen konnte.

Chatverlauf

Borkum, Juli

»Schiet ok! Das ergibt alles keinen Sinn.« Der Hauptkommissar knallte die Akte so fest auf den Schreibtisch, dass Jan erschrocken zusammenzuckte.

»Du solltest weniger Kaffee trinken. Das Gesöff wirkt bei dir wie eine Wagenladung Amphetamine.«

»Wir drehen uns bei den Ermittlungen im Kreis.« Hansen ignorierte die Bemerkung, stand auf und lief im Büro auf und ab - wie ein Raubtier in seinem Käfig. »Auch wenn alles auf den Spökenkieker als Mörder hindeutet, kann ich den Fall mit seiner Verhaftung nicht abschließen. Wenn er Vogts im Haus umgebracht hätte, gäbe es für mich keinerlei Zweifel. Es geht mir aber einfach nicht in den Kopf, dass sich die Journalistin aufbrezelt, um sich dann von dem Mann, dessen Schuppen sie wenige Stunden zuvor angezündet hat, in der Nordsee ertränken zu lassen.«

»Sie könnte sich mit jemand anderem am Strand verabredet haben«, wandte sein Kollege ein. »Dort hat der Spökenkieker sie gesehen und ermordet.«

»Warum meldet sich dann niemand? Die regionalen Tageszeitungen haben in aller Ausführlichkeit über den Mord berichtet und in den regionalen Chatgruppen scheint es kein anderes Thema zu geben.«

»Vielleicht war es ein Urlauber, der inzwischen abgereist ist«, schlug Jan eine Lösung vor. »Oder jemand ...«

Er verstummte, als ihn ein *Pling* auf den Eingang einer neuen Nachricht hinwies. Der junge Polizist wandte sich seinem Rechner zu und öffnete die Mail. Dann starrte er wie gebannt auf den Bildschirm.

»Was ist denn los?« Hansen trat zu seinem Kollegen und blickte ihm über die Schulter.

»Eine Spezialistin hat das Passwort von Anitas Smartphone geknackt. Das sind Screenshots eines Chatverlaufs«, erklärte Jan und deutete auf den Monitor. »Den Uhrzeiten nach hat Anita den Unbekannten nach dem Einbruch des Spökenkiekers angeschrieben.«

»Du hast das Gerät doch erst gestern zur Auswertung an das LKA gegeben. Normalerweise dauerte so etwas mehrere Wochen und nicht Stunden«, zeigte sich Hansen irritiert.

»Nicht, wenn man dort eine nette Kollegin kennt.« Jan zwinkerte ihm zu. »Beate kann jeden Code innerhalb kürzester Zeit knacken. Früher haben wir zusammen ...«

»Das will ich gar nicht so genau wissen.« Der Hauptkommissar hob in einer abwehrenden Geste die Hände und las sich den Chatverlauf der SMS durch.

Muss dich sehen.

Sofort???

Bitte. Bin vollkommen durch den Wind.

Ist etwas passiert?

Ja.

Was denn?

Erzähle ich dir später. Lass mich jetzt nicht im Stich.

Okay. An unserem alten Treffpunkt? 02:00?

Ja. Ich ertrag die Geheimniskrämerei nicht länger.

Nur Geduld. Ich liebe dich.

Warum verlässt du deine Frau dann nicht?

Ist kompliziert.

Ich kann nicht länger ohne dich leben.

Ich will auch mit dir zusammen sein. Wir sollten aber nichts überstürzen.

Ich muss von Borkum verschwinden. Sofort.

Bleib ruhig. Bis gleich.

»Demnach hatte Anita Vogts einen Liebhaber. Das wird ihrer Lebensgefährtin nicht gefallen haben.«

»Vielleicht wusste Juliane Niemeier nichts davon.« Hansen kaute auf seinem Zigarrenstumpen.

»Wie die Frau des Unbekannten. Demnach hätten beide ein gemeinsames Motiv: Eifersucht.«

»Das ist richtig. Es wäre aber auch denkbar, dass der Liebhaber Anita umgebracht hat, damit sie die Affäre nicht auffliegen lässt. Gibt es irgendwo einen Hinweis, mit wem wir es hier zu tun haben?«

»Anita hat ihn unter *Knuddel* abgespeichert.«

»Dann müssen wir mit dem Mobilfunkanbieter reden, damit er uns die Kontaktdaten ...«

»Das hat Beate bereits erledigt. Die Nummer wurde gestern abgemeldet – von Klaus Tütken.«

»Der Hotelier, natürlich. Das erklärt auch die Bilder auf dem Laptop von Vogts und den Aufruf der Website, den du in diesem Browserdings gefunden hast. Auf der Website war ein Foto von ihrem Lover. Vielleicht wollte sie sich einfach nur ein Bild von ihm ansehen.«

»Das wäre natürlich möglich. Was hältst du davon, wenn wir Tütken einen Besuch abstatten?« Der junge Polizist stand auf.

»Der Vorschlag hätte von mir kommen können. Kannst du den Chat ausdrucken?«

»Kein Problem.«

Kurz darauf spuckte der Drucker geräuschvoll Papier aus. Hansen nahm den Ausdruck heraus und steckte ihn in eine Tasche seiner Cordhose. Nachdem er seinen Friesennerz übergezogen hatte, machten sich die Polizisten auf den Weg zum Hotel.

Die Straßen waren an diesem sonnigen Sommertag voller Menschen, die es sich auf der Insel gutgehen ließen. Einige beäugten den Hauptkommissar in seinen Clogs und mit dem gelben Regenmantel belustigt.

Die Ordnungshüter gingen zu Fuß bis zum Inselbahnhof, in dessen unmittelbarer Nähe das Hotel *Muschelkönig* lag. Die Glastüren glitten wie von Geisterhand auf. Kühle Luft strömte ihnen entgegen, als würden sie in einen riesigen Kühlschrank treten.

In der geräumigen Lobby saß ein älteres Ehepaar in bequem aussehenden Sesseln. Neben ihnen standen zwei Koffer. Aus versteckten Lautsprechern säuselte Lounge Musik. Im Haus herrschte eine entspannte Ruhe.

Hinter der Information, die einer riesigen Muschel nachempfunden war, stand eine etwa dreißigjährige Frau mit schwarzen Haaren, die sie streng zurückgekämmt hatte. Ihre weiße Bluse, zu der sie einen blauen Rock und einen dazu passenden Blazer trug, wies nicht die kleinste Falte auf. Dem Namensschild nach, das vor ihrem Arbeitsplatz stand, hieß sie Nicola Lemberger.

»Meine Herren, was kann ich für Sie tun?«, flötete die Dame, wobei sie Hansen mit einem abfälligen Blick musterte.

»Moin.« Der Hauptkommissar stützte beide Hände auf dem Empfangstresen ab. »Wir hätten gerne mit Herrn Tütken gesprochen.«

»Bedaure. Herr Tütken ist in einem Meeting. Wenn Sie so lange warten wollen?« Sie deutete auf die freien Sessel.

»So viel Zeit haben wir leider nicht. Richten Sie ihrem Boss bitte aus, dass wir ihn in einer halben Stunde auf der Polizeistation zu sprechen wünschen. Sollte er nicht erscheinen, werden wir ihn in Handschellen vorführen.«

»Das können Sie nicht machen. Er ist doch kein Verbrecher«, ereiferte sich Lemberger.

»An Ihrer Stelle würde ich meinen Chef nicht verärgern. Wenn der erst einmal richtig in Fahrt kommt, verziehen sich sogar die Seehunde von der Sandbank. Das wollen Sie echt nicht erleben.« Jan blicke grimmig drein. Lemberger blickte von Jepsen zu Hansen, als überlegte sie, ob es sich bei den Worten um einen Scherz handelte und trippelte dann wortlos von dannen.

Fünf Minuten später erschien sie mit einem Mann, der einem Modemagazin hätte entsprungen sein können. Die dunkelblonden Haare waren so akkurat gescheitelt, als wäre ein Lineal im Spiel gewesen. Der dunkelblaue Anzug, zu dem er ein weißes Hemd und eine Krawatte mit dem Logo des Hotels – einer Muschel, über der eine Krone schwebte – trug, wirkte wie maßgeschneidert. Die schwarzen Lederschuhe glänzten. In seinen blauen Augen war bestimmt schon so manche Frau ertrunken. Auf dem linken Handrücken trug er ein Pflaster.

»Moin. Sie wollten mich sprechen?« Er begrüßte zunächst Hansen und dann Jepsen mit Handschlag.

»Können wir uns irgendwo in Ruhe unterhalten?« Der Hauptkommissar musterte ihn unauffällig, konnte aber keine Regung erkennen. Der Mann hatte seine Mimik im Griff, das musste man ihm lassen.

»Worum geht es denn?« Der Hotelier blickte argwöhnisch.

»Um den Mord an Anita Vogts.«

Hansen benutzte bewusst den Begriff *Mord*, um sein Gegenüber aus der Reserve zu locken. Ein kurzes Zucken der Mundwinkel verriet ihm, dass Tütken innerlich extrem angespannt war.

»Schlimme Sache. Ich habe immer gesagt, dass der Spökenkieker eine Gefahr für die Insel ist. Aber auf mich wollte niemand hören. Kommen Sie.«

Tütken deutete auf eine Tür neben der Rezeption und schritt voran. Die Polizisten folgten ihm in einen Raum, in dessen Mitte ein runder Tisch mit sechs Stühlen stand. Eine

Kommode nahm den größten Teil der linken Wand ein. Darüber hing ein Gemälde, das eine Muschel zeigte. Ansonsten war der Raum leer.

»Setzen Sie sich doch. Kann ich Ihnen etwas anbieten? Kaffee, Tee – vielleicht ein Wasser?«

»Nein, danke«, antworteten die Polizisten wie auf ein unsichtbares Stichwort hin gleichzeitig und alle nahmen Platz.

»Wir wollen nur die Wahrheit.«

Hansen blickte seinen Kollegen überrascht an. Der Spruch hätte auch von ihm kommen können. Aus dem Jungspund konnte doch noch etwas werden.

»Selbstverständlich.« Tütken legte die Hände auf den Tisch und verschränkte die Finger ineinander, als wollte er beten.

»Wie gut kannten Sie Anita Vogts?« Der Hauptkommissar registrierte bei der Frage ein weiteres verräterisches Zucken der Mundwinkel bei dem Hotelier.

»Ich würde nicht behaupten, sie zu kennen. Wir haben uns im Rahmen des Artikels über dieses Hotel öfter getroffen. Sie ist ... war ... eine interessante Frau.«

»Demnach hatten Sie keinen privaten Kontakt zu ihr?«

»Wie gesagt, wir haben uns hin und wieder im Rahmen der Berichterstattung gesehen. Dabei haben wir auch über private Dinge gesprochen.« Er sah die Polizisten mit offenem Blick an. Hansen entging allerdings nicht, dass seine Finger so fest ineinander verschränkt waren, dass die Knöchel weiß hervortraten.

»Über was denn zum Beispiel?«

»Anita ... Frau Vogts ... hat über die Entstehungsgeschichte der *Zeitenwende* berichtet und über ihre Neurodermitis, die sie auf Borkum in den Griff bekommen hat. Ich habe von meinen beiden Söhnen erzählt und von humorvollen Begegnungen mit den

Gästen. Es gab eine lustige Episode mit einer älteren Dame, die ...«

»Schluss mit den Dönkes!« Der Hauptkommissar schlug mit der flachen Hand so fest auf den Tisch, dass es wie ein Gewehrschuss knallte.

»Was wollen Sie mir denn damit sagen?« Tütkens Tonfall hatte jede Freundlichkeit verloren und erinnerte nun an das Knurren eines Hundes.

»Sie hatten ein Verhältnis mit Anita Vogts und haben sie in der Mordnacht getroffen.«

»Das ist eine ungeheuerliche Unterstellung!« Der Hotelier knetete seine Finger, als wären sie aus Wachs.

Der Hauptkommissar zog den Computerausdruck aus der Hosentasche und schob dem Hotelier das Papier zu.

»Was soll das sein?« Tütken griff danach und las sich den Chatverlauf durch. Dann legte er ihn vor sich auf den Tisch. »Das beweist gar nichts. Das könnte jeder geschrieben haben.«

»Die Nachrichten wurden von einer Mobilnummer verschickt, die auf Ihren Namen lief. Dürfen wir Ihr Smartphone sehen?«

»Natürlich.« Tütken reichte ihnen ein Gerät der neuesten Generation.

»Würden Sie es bitte entsperren?« Hansen gab ihm das Smartphone zurück.

»Gerne. Ich habe keine Geheimnisse.«

»Sieh dir den Daddelkasten an.« Der Hauptkommissar nickte seinem Kollegen zu, der das freigegebene Gerät entgegennahm und betrachtete.

»Darin ist so gut wie nichts gespeichert. Wie lange haben Sie dieses Smartphone schon?«

»Seit gestern. Das alte Gerät habe ich verloren.«

»Wie praktisch«, merkte Hansen süffisant an und fragte dann: »Wann haben Sie den Verlust denn bemerkt?«

»Vor drei Tagen. Wahrscheinlich habe ich es irgendwo liegen gelassen. So etwas passiert mir leider immer öfter. Selbst wenn der Text mit meinem Gerät geschrieben wurde, kann ich es nicht gewesen sein.«

»Warum haben Sie die Nummer nicht sofort sperren lassen, nachdem Sie den Verlust bemerkt hatten?«

»Dazu bin ich nicht gekommen, weil ich zu viel um die Ohren hatte. In der Hauptsaison weiß ich kaum, wo mir der Kopf steht. Gestern habe ich mich dann mit meinem Mobilfunkanbieter in Verbindung gesetzt und mir ein neues Gerät besorgt.«

»Wo waren Sie denn in der Nacht, in der Anita Vogts ermordet wurde?«

»Sie halten mich für einen Mörder? Der Gedanke ist absurd.« Tütken rückte mit dem Stuhl etwas vom Tisch ab, als könne er damit eine größere Entfernung zwischen sich und die Anschuldigung bringen.

»Würden Sie bitte die Frage beantworten?« Jan beugte sich vor.

»In meinem Bett. Nachts pflege ich zu schlafen.«

»Kann das jemand bezeugen?«

»Meine Frau und ich haben getrennte Schlafzimmer. Ich leide an einer Rhonchopathie, was bedeutet ...«

»... dass Sie schnarchen wie tausend besoffene Matrosen«, ergänzte Hansen. »Demnach hätten Sie die Wohnung also unbemerkt verlassen können.«

»Theoretisch ja, obwohl das Risiko einer Entdeckung natürlich groß gewesen wäre, schließlich schlafen meine Frau und die Kinder in benachbarten Zimmern.«

»Wie oft werden Sie normalerweise von der Familie in Ihrer Nachtruhe gestört?«

»Es kommt drauf an.« Tütken blinzelte. Seine Lider bewegten sich so schnell wie die Flügel eines Schmetterlings.

»Worauf?« Hansen ließ den Mann nicht aus den Augen.

»Auf die Umstände und ... jetzt reicht es mir aber. Weitere Fragen wird Ihnen mein Anwalt beantworten. Meine Zeit ist zu kostbar, um sie mit diesen haltlosen Anschuldigungen zu vergeuden. Ich wünsche Ihnen einen schönen Tag.« Tütken deutete zur Tür.

»An Ihrer Stelle würde ich mit uns kooperieren. Wir müssen ...« Der Hauptkommissar verstummte, als das Mobiltelefon in seiner Hose vibrierte. Er nahm das Gerät heraus und warf einen Blick auf das Display. Mit einem Handzeichen bedeutete er Jepsen, dass er das Gespräch annehmen musste, stand auf und verließ das Zimmer. In der Lobby stellte er sich in eine Ecke, damit er ungestört telefonieren konnte.

Das Gespräch dauerte keine zwei Minuten. Danach steckte er das Mobiltelefon wieder ein und kehrte in den Besprechungsraum zurück.

»Woher haben Sie die Wunde?« Hansen deutete auf das Pflaster auf dem Handrücken des Hoteliers.

»Welchen Teil von: *Ohne meinen Anwalt sage ich kein Wort mehr* haben Sie nicht verstanden?« Klaus Tütken stand auf. »Wenn ich nicht verhaftet bin, würde ich jetzt gerne wieder an die Arbeit gehen.«

»Wie Sie wollen. Hiermit verhafte ich Sie wegen des Mordes an Anita Vogts.«

»Das können Sie nicht machen.« Obwohl der Hotelier die Polizisten anschrie, war das Zittern in seiner Stimme unüberhörbar. »Ihr einziger Hinweis ist der Screenshot eines Chats, den jeder geschrieben haben könnte.«

»Und die DNA des Täters. Unter dem Fingernagel von Anita Vogts wurden mikroskopisch kleine Hautpartikel gefunden, die auch die Nordsee nicht weggespült hatte. Ihr Pech, dass der Rechtsmediziner ein Workaholic ist und die Nächte lieber mit Toten statt mit Lebenden verbringt. Beim

Abgleich der DNA mit unserer Datenbank tauchte überraschenderweise nicht der Spökenkieker auf, sondern Klaus Tütken. Wenn wir Ihre DNA in unserem System haben, müssen Sie ein böser Junge gewesen sein. Was haben Sie denn angestellt?«

»Mit einundzwanzig Jahren bin ich betrunken Auto gefahren und habe dabei einen Unfall verursacht. Danach habe ich die Finger vom Alkohol gelassen.«

»Haben Sie eine Erklärung, wie Ihre Hautpartikel unter die Fingernägel von Anita Vogts gekommen sind?«

»Ohne Anwalt sage ich kein Wort mehr.«

»Wie Sie wollen. Jan, kannst du das vollständige Sprüchlein mit der Rechtsbelehrung aufsagen? Du kannst das besser als ich.«

Nachdem Jan den Hotelier über seine Rechte belehrt hatte, fragte dieser mit Blick auf die Handschellen, die der junge Polizist bereits in der Hand hielt: »Können wir auf die Dinger verzichten? Ich werde Ihnen auch keine Schwierigkeiten machen.«

Die Polizisten wechselten einen schnellen Blick und Hansen nickte dann.

»Vorher möchte ich noch meinen Anwalt anrufen.« Tütken streckte die Hand nach dem Mobiltelefon aus, das Jan noch immer vor sich auf dem Tisch liegen hatte. Dieser reichte es dem Hotelier, der seinen Rechtsvertreter informierte. Dann begleiteten sie den Verdächtigen in die Lobby hinaus.

»Ich werde unseren Ordnungshütern auf der Polizeistation behilflich sein. Streichen Sie bitte alle heutigen Termine und informieren meine Frau, bevor sie mit den Kindern aus Emden zurückkehrt«, beauftragte er seine Mitarbeiterin an der Rezeption, die ihren Chef mit großen Augen anblickte.

»Klar. Aber warum ...«

»Ihr Vorgesetzter unterstützt uns im Rahmen einer laufenden Ermittlung«, ließ sich Hansen vernehmen und gemeinsam verließen die drei Männer die Polizeistation.

Gesprächsbedarf

Borkum, Juli

»Das darf doch nicht wahr sein!«, schimpfte Jan am späten Nachmittag, ohne den Blick vom Monitor im Büro der Polizeistation zu nehmen.

»Was ist denn los?« Hansen stand auf, ging zum Schreibtisch seines Kollegen und schaute ihm über die Schulter.

Auf einem Foto war Klaus Tütken zu sehen, der zwischen den Polizisten das Hotel Muschelkönig verließ. Jemand musste den Schnappschuss zufällig gemacht und dann im Internet hochgeladen haben.

Dieser Mann ist ein Killer!, hatte Sandfee254 unter das Bild geschrieben.

Survivaltraining. Wer den Urlaub auf Borkum überlebt, bekommt sein Geld zurück, scherzte Leatherface.

Ich setzte nie wieder einen Fuß auf diese Insel, ließ sich MauerBLümchen23 vernehmen.

»Ständig erscheinen neue Kommentare. Zudem wird das Bild in den sozialen Netzwerken wie verrückt geteilt. Wir sollten ...«

»Ich werde Sie verklagen. Wenn mein Anwalt mit Ihnen fertig ist, können Sie für den Rest Ihrer Dienstzeit Sandkörner zählen oder im Sturm die Strandpromenade fegen.« Eine Stimme, die so schrill war, dass sie Glas zerspringen lassen konnte, schallte durch den Raum.

»Auf Borkum sagt man erst einmal Moin.«

Der Hauptkommissar drehte sich zu einer modisch gekleideten Frau um, die in Begleitung eines älteren Herrn die Polizeistation betreten hatte.

Astrid Tütken, die bei den Hotelmitarbeitern als resolute Chefin galt, baute sich mitten im Raum auf, als wäre sie auf einer Bühne. Die dunkelbraunen Haare hatte sie an diesem Tag hochgesteckt, was ihrer Erscheinung eine gewisse Eleganz verlieh, die man eher auf Sylt oder Norderney als auf Borkum erwartet hätte. Ihre schlanken Füße steckten in modischen Pumps.

»Ich verlange die sofortige Freilassung meines Mannes. Haben Sie eine Ahnung, welchen Imageschaden Sie mit ihrer Inkompetenz angerichtet haben? Laut meinen Mitarbeitern wurden allein in den letzten Stunden sieben Zimmer storniert - und das in der Hauptreisezeit. Wie kann man nur so unfähige Trottel in Uniformen stecken?«

Der ältere Mann, dessen Haar schlohweiß war, legte der Frau beruhigend die Hand auf den Unterarm. Seine Finger waren so feingliedrig wie die eines Pianisten. Er war hoch gewachsen und dürr wie eine Vogelscheuche. Der anthrazitfarbene Anzug schlotterte um seinen Körper. Seine Augen, die so klar waren wie polierte Murmeln, musterten den Hauptkommissar mit kaum verhohlener Verachtung.

»Astrid, lass mich das machen«, sagte er zu seiner Begleiterin und wandte sich dann an Hansen. »Ich bin Dr. Konenberg und verlange die unverzügliche Freilassung meines Mandanten. Klaus Tütken ist ein angesehenes Mitglied der Gesellschaft und kein Krimineller.« Seiner Stimme nach war dies keine Bitte, sondern ein Befehl.

»Unsere Ermittlungen haben etwas anderes ergeben.« Der Hauptkommissar ließ sich von dem Anwalt nicht aus der Ruhe bringen.

»Welche Beweise liegen Ihnen für die Tat vor?« Konenberg legte bei dieser Frage die Stirn so gekonnt in Falten, dass diese wie ein zerknittertes Handtuch aussah.

»Ein Chatprotokoll und DNA Spuren.«

»Ich will unverzüglich mit meinem Mandanten reden.«

»Selbstverständlich.«

Hansen führte den Anwalt in einen Vernehmungsraum und brachte Tütken, der in seiner Zelle ausharrte, zu ihm. Als er ins Büro zurückkehrte, wurde er von einer fuchsteufelswilden Ehefrau empfangen.

»Ihretwegen steht meine Familie jetzt im Zentrum eines digitalen Shitstorms. Im Internet wird mein Mann als moderner Casanova dargestellt, der sich durch die Borkumer Betten vögelt und seine Geliebten umbringt, wenn sie ihm zu langweilig werden oder drohen, die Affäre auffliegen zu lassen. Klaus ist ein liebevoller Ehemann, der sich rührend um die Familie kümmert und seinen Kindern ein guter Vater ist und kein ... Monster.« Sie spie Hansen das letzte Wort entgegen.

»Die Berichterstattung in den sozialen Netzwerken können wir leider nicht beeinflussen. Wir haben Ihren Mann so diskret wie möglich verhaftet und sogar auf Handschellen verzichtet.« Jan stand auf und schritt auf die Frau zu. Einen Meter vor ihr blieb er stehen. »Ich kann Ihren Zorn nachvollziehen, aber wir müssen jedem Verdacht nachgehen und momentan sprechen alle Beweise gegen Ihren Mann. Sollte er unschuldig sein, werden wir ihn selbstverständlich unverzüglich aus der Haft entlassen. Wollen Sie denn nicht, dass der Mörder von Anita Vogts seine gerechte Strafe bekommt?«

»Natürlich, aber Klaus hat damit doch nichts zu tun.«

»Ich bin sicher, dass sich die Angelegenheit bald aufklären wird. Darf ich Ihnen ein Glas Wasser anbieten? Sie sehen vollkommen erschöpft aus.«

»Wundert Sie das? Nachdem ich von der Verhaftung meines Mannes erfahren hatte, bin ich mit dem nächsten Katamaran nach Borkum zurückgekehrt. Die Kinder sind bei meinen Eltern in Emden und wissen noch nichts von der Festnahme ihres Vaters. Ich habe keine Ahnung, wie ich ihnen die Inhaftierung erklären soll. Halten Sie mich über den Stand der Ermittlungen auf dem Laufenden?«

»Selbstverständlich«, versicherte Jan.

»Danke.« Astrid Tütken bedachte Hansen mit einem herablassenden Blick, drehte sich um und stolzierte aus der Polizeistation.

»Du bist ja ein richtiger Frauenversteher.« Trotz der angespannten Situation griente der Hauptkommissar.

»Astrid Tütken ist vollkommen durch den Wind, was ich gut nachvollziehen kann. Wenn die Zeitungen über die Verhaftung berichten und der Shitstorm im Internet noch schlimmer wird, könnte die Affäre ihres Ehemannes die gesamte Existenz zerstören. Sollten die Gäste das Hotel zukünftig meiden, muss sie ... wem gehört das Gebäude eigentlich?«

»Klaus Tütken. Er hat es von seinem Vater geerbt. Astrid hat sich nur ins gemachte Nest setzen müssen.«

»Dann könnte sie sich bei einer Scheidung finanziell verschlechtern. Bei einem Ehevertrag würde sie möglicherweise nichts bekommen«, überlegte Jan laut.

»Worauf willst du hinaus?«

»Wenn die Ehefrau von der Affäre wusste, hätte sie mit dem Mord zwei Fliegen mit einer Klappe geschlagen: Zum einen wäre sie ihre Widersacherin losgeworden und zum anderen hätte sie ihren Mann im Gefängnis für seine Untreue büßen lassen.«

»Da ist was dran. Aber wie erklärst du dir dann seine DNA unter den Fingernägeln der Toten?«

»Anita hätte ihren Lover beim Liebesspiel kratzen können. Manche Frauen verlieren in der Ekstase jede Kontrolle und das ...«

»... weißt du aus eigener Erfahrung oder aus Schundromanen?«, hakte Hansen sofort nach.

»Das werde ich dir sicherlich nicht auf die Nase binden. Wir sollten Astrid im Auge behalten. Ihr filmreifer Auftritt hätte auch nur eine Show sein können, um von sich abzulenken. Wir werden ihr Alibi überprüfen müssen.«

»Das ist eine gute Idee. Zunächst einmal sollten wir ...«

»Mein Mandant möchte eine Aussage machen.«

Dr. Konenberg unterbrach das Gespräch der Polizisten mit lauter Stimme. Diese sahen sich kurz an und nickten dann. Wenige Augenblicke später saßen sich die vier Männer an einem Tisch gegenüber. Jepsen und Hansen auf der einen und der Beschuldigte mit seinem Anwalt auf der anderen Seite.

»Anita und ich hatten eine Affäre«, begann der Hotelier mit stockender Stimme zu erzählen. »Unser Verhältnis lief seit etwas mehr als sieben Monaten. Ihretwegen wollte ich meine Frau verlassen, aber ...« Er verstummte einen Moment, als suche er nach den richtigen Worten. »... dann hätte ich die Kinder verlieren können und das wollte ich keinesfalls. Anita hatte für meine Situation zunächst viel Verständnis, aber dann wurde sie immer fordernder.«

»Musste Ihre Geliebte sterben, weil sie das Verhältnis öffentlich machen wollte?«

»Nein, das hätte Anita nie getan. Sie ist ... war ... eine ganz besondere Frau. Ich habe sie sehr geliebt.«

»Warum haben Sie die Journalistin dann ertränkt?«

»Ich habe Anita nicht getötet. Das müssen Sie mir glauben.«

»Haben Sie das Opfer in der Mordnacht getroffen?«

»Ja.« Tütken nickte. »Anita war nach der Begegnung mit dem Spökenkieker außer sich und hat mich angefleht, die Insel mit ihr sofort zu verlassen. Sie hatte solche Angst vor Joken, dass sie einfach nur verschwinden wollte. Ich habe versucht, sie zu beruhigen, aber das war in dieser Nacht kaum möglich. Als ich Anita in den Arm nehmen wollte, hat sie geschrien und wie eine Wilde um sich geschlagen. Dabei hat sie mir mit den Nägeln über den Handrücken gekratzt. Ich ...« Tütken schwieg erneut einen Moment und berichtete dann mit leiserer Stimme: »... habe sie dann stehen gelassen und bin gegangen. Der Gedanke, dass ich sie hätte retten können, wenn ich bei ihr geblieben wäre, bringt mich um den Verstand. Ich gehe davon aus, dass uns der Spökenkieker die ganze Zeit beobachtet und Anita nach meinem Verschwinden ertränkt hat.« Der Hotelier stützte die Ellenbogen auf den Tisch und verbarg das Gesicht in den Händen.

»Wie Sie sehen, hat mein Mandant moralische Schuld auf sich geladen. Da Ehebruch aber strafrechtlich nicht relevant ist, müssen Sie ihn nun gehen lassen.« Der Anwalt erhob sich.

»Nicht so hastig.« Der Hauptkommissar hob die rechte Hand. »Wir haben lediglich eine Geschichte gehört, die keinesfalls der Wahrheit entsprechen muss. Ihr Mandant könnte Anita Vogts umgebracht haben, weil sie die Affäre öffentlich zu machen drohte. Beim Ertränken hat sie sich gewehrt und dabei seinen Handrücken zerkratzt. Haben Sie das Mobiltelefon vernichtet und uns die Lüge vom Diebstahl aufgetischt?« Die Frage richtete Hansen an Tütken.

Dieser nickte. »Als ich am nächsten Morgen von Anitas Tod aus dem Internet erfuhr, habe ich panisch reagiert und das Gerät bei Ebbe im Watt verbuddelt.«

»Demnach hat es den geheimnisvollen Dieb, der das Gerät gestohlen und die Nachrichten an Anita Vogts geschrieben hat, nie gegeben?«

»Nein. Ich hätte Ihnen von Anfang an die Wahrheit sagen müssen«, räumte der Beschuldigte kleinlaut ein.

»Da ist was dran. Woher weiß ich denn, dass Sie mir jetzt keine weiteren Märchen auftischen?« Der Hauptkommissar schob den Zigarrenstumpen in den linken Mundwinkel, ohne den Verhafteten dabei aus den Augen zu lassen.

»Ich habe Anita geliebt. Ich hätte ihr niemals etwas antun können.«

»Wir werden Ihre Geschichte überprüfen«, versprach Hansen. »Bis dahin werden Sie in Untersuchungshaft bleiben. Die Kollegen werden Sie noch heute zum Festland begleiten.«

»Ich protestiere! Mein Mandant ...«

»... ist der Hauptverdächtige in einem Mordfall«, unterbrach Jan den Anwalt. »Er hat ein Motiv und kein Alibi. Die DNA unter dem Fingernagel des Opfers ist ein schwerwiegender Beweis, den die Polizei nicht einfach ignorieren kann.«

Der Anwalt blickte den jungen Polizisten überrascht an. Einen Moment lang hatte es den Anschein, als ob er protestieren wollte, aber dann bat er nur um ein weiteres Gespräch mit Tütken unter vier Augen und die Beamten verließen den Vernehmungsraum.

»Das war eine echt gute Ansage von dir!« Hansen schlug seinem Kollegen anerkennend auf die Schulter.

»Ein weiteres Kompliment? Du scheinst auf deine alten Tage recht sentimental zu werden.«

»Ik schiet di wat mit alten Tagen.«

»Was passiert jetzt mit dem Spökenkieker?«

»Der wird aus der Haft entlassen, auch wenn ich nicht hundertprozentig von seiner Unschuld überzeugt bin. Aber die Beweise gegen Klaus Tütken wiegen schwerer als der Verdacht gegen Bjarne Joken.«

»Wir werden ihn im Auge behalten müssen.«

»Jo.« Der Hauptkommissar nickte.

Personenschutz

Borkum, Juli

»Die Flasche habe ich heute Morgen vor meiner Haustür gefunden.« Juliane Niemeier stürmte zwei Tage nach Tütkens Verhaftung in die Polizeistation. Jan, der an diesem Sonntagvormittag allein im Büro an seinem Schreibtisch saß, blickte auf.

»Was ist damit?« Er schob seinen Stuhl zurück, erhob sich und nahm ihr die offene Flasche aus der Hand. Am Flaschenhals waren Wachsspuren erkennbar. Im Inneren befand sich eine Papierrolle. Er schüttelte diese heraus und blickte wenig später auf ein Foto von Niemeier.

Auf der Rückseite stand in krakeligen Buchstaben: *Auch du wirst dem Fluch der Nordsee nicht entkommen*. Darunter war das heutige Datum notiert.

»Sie hätten den Spinner niemals freilassen dürfen!« Die Stimme der Journalistin überschlug sich in einer Mischung aus Wut und Furcht. »Der Spökenkieker ist ein gemeingefährlicher Irrer. Nach Anita will er mich auch noch umbringen und sich auf diese Weise für den Artikel rächen, den wir in unserer Zeitung über ihn gebracht haben.«

»Das Motiv ist reine Mutmaßung. Zudem konnten wir ihm den Mord nicht nachweisen.«

»Weil Sie Ihren verdammten Job nicht gemacht haben!«, schrie die völlig aufgelöste Frau den Polizisten an. »Ich habe keine Lust, wegen eurer Unfähigkeit ertränkt zu werden.«

»Ganz ruhig.« Jan hob beide Hände. »Wir wissen nicht, ob die Botschaft vom Spökenkieker kommt. Bei dem Bild kann es sich auch um einen schlechten Scherz handeln.«

»Scherz? Echt jetzt?« Juliane Niemeier stemmte die Hände in die gut gepolsterten Hüften und funkelte ihn wütend an.

»Wir werden mit Bjarne Joken reden und die Flasche mit dem Bild ins Labor schicken. Vielleicht entdecken unsere Experten dort Spuren, die uns zum Absender führen.«

»Bis dahin bin ich längst tot. Ich soll heute sterben, haben Sie das schon vergessen?« Sie deutete mit dem rechten Zeigefinger auf das Datum und forderte lauthals: »Sie müssen den Kerl sofort wieder einsperren.«

»So einfach ist das nicht, denn bisher haben wir keinen Beweis, dass er Ihnen die Flasche vor die Tür gestellt hat.«

»Wollen oder können Sie mir nicht helfen?«, giftete die Journalistin.

»Selbstverständlich werden wir Sie nicht alleinlassen. Hier sind Sie zunächst in Sicherheit.«

»Ich kann doch nicht den ganzen Tag in der Polizeistation bleiben. Im Gegensatz zu Ihnen muss ich arbeiten und verlange Personenschutz!«

»Wir werden sicherlich eine Lösung finden«, versprach - ein inzwischen ziemlich genervter – Jan und rief seinen Vorgesetzten an.

»Demnach scheint Bjarne Joken wieder auf Borkum zu sein«, überlegte der Hauptkommissar laut. »Ich werde ihm sofort einen Besuch abstatten. Niemeier soll so lange in der Polizeistation bleiben.«

Bis zu Hansens Erscheinen am frühen Nachmittag saß die Journalistin mit verschränkten Armen auf einem der beiden Besucherstühle und musterte den jungen Polizisten aus zusammengekniffenen Augen.

»Hast du mit dem Spökenkieker gesprochen?«, fragte Jan, als Hansen das Büro betrat und seinen Friesennerz an die Garderobe hängte.

»Leider nicht. Ich habe eine Weile bei der Hütte gewartet und danach den Strand nach ihm angesucht. Da Bjarne nicht aufgetaucht ist, bin ich nicht einmal sicher, ob er nach seiner Haftentlassung überhaupt auf die Insel zurückgekehrt ist.«

»Wer hat mir denn sonst gedroht?«

Juliane Niemeier sprang so abrupt auf, als hätte sie eine Stahlfeder vom Stuhl katapultiert, und baute sich so dicht vor dem Hauptkommissar auf, dass sich ihre Nasenspitzen beinahe berührten.

»Es könnte jeder gewesen sein. Wenn Sie Ihre Quadratlatschen nicht sofort von meinen Füßen nehmen, werde ich Sie wegen Körperverletzung festnehmen.«

Die Journalistin trat einen Schritt zurück und Hansen, dem sie auf die Zehen getreten war, humpelte zu seinem Schreibtisch.

»Hast du die Schrift mit der anderen Drohung verglichen?«, fragte er Jan.

Dieser nickte. »Da die Originale alle zur Überprüfung bei den Experten sind, konnte ich nur einen Abgleich anhand der Fotos machen. Auf den ersten Blick stimmt die Schrift mit der Todesdrohung an Anita Vogts überein. Die Buchstaben bei den anderen Zetteln sind etwas kleiner, aber das muss nichts bedeuten.«

»Könnte jemand anderes die Todesdrohungen geschrieben haben?« Hansen kaute auf seinem Zigarrenstumpen.

»Wäre möglich, aber warum?« Jan blickte ihn fragend an.

»Um Bjarne Joken die Tat in die Schuhe zu schieben, schließlich ist seine Flaschenpost ein bekanntes Souvenir.«

»Wer könnte denn noch ein Interesse an Ihrem Tod haben?«, richtete er das Wort an Juliane Niemeier.

»Journalistinnen wie ich sind ständigen Anfeindungen ausgesetzt«, antwortete diese schnippisch. »Viele Leute haben Dreck am Stecken und wollen nicht, dass die Wahrheit ans Licht kommt.«

»Einige Insulaner sind nicht gut auf die *Zeitenwende* zu sprechen, weil sie in den Berichten schlecht weggekommen sind. Ich denke da nur an den Wirt des *Sandwurms*, in dessen Küche Kakerlaken sein sollten oder an den Souvenirladen *Inselmagie*, dessen in Handarbeit hergestellte Seehundfiguren angeblich aus chinesischer Massenfertigung stammen.«

»Als Pressevertreter sind wir nur der Wahrheit verpflichtet!«, ereiferte sich Niemeier.

»Sie haben in den beiden genannten Fällen aber keine stichhaltigen Beweise für Ihre Anschuldigungen vorlegen können. Die beiden Fotos, auf denen die Kakerlaken zu sehen waren, hätte auch woanders gemacht sein können, und für die Seehundfiguren konnte das Geschäft sogar Belege der Firma vorlegen, die diese angefertigt hatten.«

»Die Rechnungen waren doch gefälscht«, behauptete Niemeier.

»Das konnten Sie nie beweisen. Wie dem auch sei: Auf Borkum gibt es einige Menschen, die nicht gut auf Sie zu sprechen sind. Obwohl ich keinem Insulaner einen Mord zutraue, könnte Sie jemand damit einschüchtern wollen.«

»Anita ist tot! Das war keine Einschüchterung«, schrie Niemeier erbost.

»Die neue Drohung spricht jedenfalls gegen Tütken als Täter. Schließlich kann er die Flasche nicht vor die Tür gestellt haben, weil er in Untersuchungshaft ist«, mischte sich Jan in das Gespräch ein.

»Soll das etwa bedeuten, dass Sie mich nicht mehr schützen werden?« Die Journalistin blickte von Jepsen zu Hansen.

»Natürlich nicht.« Der Hauptkommissar seufzte vernehmlich. In den letzten Tagen schienen sich streitsüchtige Furien auf ihn eingeschossen zu haben. Nach Astrid Tütken machte ihm heute Juliane Niemeier die Hölle heiß.

Sekundenschlaf

Borkum, Juli

Am frühen Abend kaufte Hansen Fischbrötchen für alle. Nach einer schnellen Mahlzeit in der Polizeistation machte er sich mit Juliane Niemeier auf den Weg zur Redaktion.

Zu ihrem Schutz würde der Hauptkommissar die Nacht im Haus verbringen. Obwohl er sich keinesfalls vorstellen konnte, dass Bjarne zwei Menschen wegen eines Zeitungsartikels töten würde, musste er einen weiteren Mord unter allen Umständen verhindern – wer wusste schon, was im Kopf des Spökenkiekers vor sich ging.

Die Journalistin öffnete die Haustür und ließ ihn eintreten. »Schuhe aus!«, ordnete sie an, schlüpfte aus ihren Tretern und stellte sie in das Regal im Flur, direkt neben Anitas Sneakers, die einige Nummern kleiner waren.

Hansen schlüpfte aus seinen Clogs und überprüfte zunächst Türen und Fenster, die aber alle geschlossen waren.

»Im Haus wird nicht geraucht«, bestimmte Niemeier und deutete auf den Zigarrenstumpen.

Der Hauptkommissar murrte etwas Unverständliches und machte einen weiteren Rundgang durch das Haus. Dabei inspizierte er jedes Zimmer, blickte unter Betten – wobei seine Knie protestierend knackten - sah in Schränke und linste sogar in die Wäschetruhe. Als er sicher war, dass sich niemand in den Räumlichkeiten versteckte, warf er einen Blick in das Büro, das Niemeier als Redaktion bezeichnete.

Diese saß am Computer und arbeitete so konzentriert, dass sie ihn nicht bemerkte. Ihre Finger flogen über die Tastatur. Als der Hauptkommissar in den Raum trat, knarzte ein Dielenbrett und sie blickte auf.

»Ich habe nichts gefunden«, informierte er sie und ließ den Blick durch den Raum schweifen. Auf dem leeren Schreibtisch, der direkt vor ihm stand, bemerkte er einen Bilderrahmen von Anita.

Geliebt und unvergessen.

Die Worte waren in kunstvoll verschnörkelten Buchstaben unter das Foto geschrieben worden.

»Das erleichtert mich.« Sie nickte Hansen zu, als wäre dieser ein Bediensteter, für den sie momentan keine Verwendung hatte.

»Ich mache mir in der Küche einen Kaffee.«

»Das lassen Sie mal besser. Ich erledige das. Wir haben einen Vollautomaten, dessen Bedienung etwas kompliziert ist.«

»Sehe ich aus, als wäre ich zu dösig, um mir einen Kaffee zu machen?«

»Wollen Sie auf diese Frage wirklich eine Antwort?«, fragte Niemeier und hob die Augenbrauen: »Setzen Sie sich ins Wohnzimmer, ich bringe Ihnen einen Kaffee.«

»Wenn Sie meinen. In dieser Nacht werde ich zu jeder vollen Stunde einen Gang durch das Haus machen und mich vergewissern, dass alles in Ordnung ist.«

»Dann kann ich beruhigt schlafen.«

Hansen schritt ins Wohnzimmer und sah sich die Regale an, die voller Bücher waren. Neben Krimis fand er Romane von zeitgenössischen Autoren und bibliophile Klassikerausgaben. Im unteren Bereich standen Bildbände über Ostfriesland und die Nordsee. Sachbücher über Kalligrafie füllten ein ganzes Regalfach.

Er rief Jan an. Dieser war noch in der Polizeistation und wollte vor Einbruch der Dunkelheit zum Haus kommen, um sich in der Nähe auf die Lauer zu legen. Mit etwas Glück konnte er den Spökenkieker – oder wen auch immer

– auf frischer Tat ertappen, bevor er in das Gebäude eindrang.

»Ihr Kaffee.« Niemeier stellte ein silbernes Tablett, auf dem sich eine Tasse und ein Glas mit Wasser befanden, auf einen kleinen Beistelltisch neben einen Sessel.

»Danke.« Hansen setzte sich und trank einen Schluck. Auch wenn das koffeinhaltige Getränk nicht ansatzweise so stark war wie seine ölige Brühe, schmeckte es ihm und er leerte die Tasse mit wenigen Schlucken. Dann trank er das Wasser und legte die Hände auf den Bauch.

Das Ticken der Standuhr lullte ihn ein.

Tick. Tack. Tick. Tack. Tick. Tack

Da der Hauptkommissar in den letzten Nächten kaum geschlafen hatte, fielen ihm die Augen zu und sein Kopf sackte auf die Brust, bis er urplötzlich aufschreckte, denn ein Geräusch hatte ihn ... geweckt?

»Schiet ok«, fluchte Hansen und starrte in das silberfarbene Mondlicht, das durch die Fenster hineinfiel und der Einrichtung schemenhafte Konturen gab.

Das Ticken der Uhr zerhackte die Zeit in winzige Einheiten. In jeder davon konnte etwas Wundervolles geschehen, wie der erste Atemzug eines Babys. Oder etwas Schreckliches, wie der letzte Atemzug eines Mordopfers.

Er legte die Hände auf die Lehnen und stützte sich auf. Ihm war schwindlig. Mit langsamen Bewegungen und ausgestreckten Armen tastete er sich durch den Raum bis zur Tür, in deren Nähe sich der Lichtschalter befand.

Der Hauptkommissar knipste die Deckenlampe an und sah sich um. Das Geräusch, das ihn geweckt hatte, war das Klackern eines Fensterbildes in Form eines Leuchtturms gewesen, das sich in einem Luftzug bewegte und mit einer Kante immer wieder gegen die Scheibe stieß.

In einem Luftzug bewegte ...

»Niemeier?«, rief Hansen in den stockdunklen Flur hinein, bekam aber keine Antwort. Die Stille schmiegte sich wie eine gallertartige Masse um ihn und raubte ihm die Luft zum Atmen. Er knipste das Licht an und bemerkte dann eine offen stehende Tür, die in den Keller führte – jene Tür, durch die der Spökenkieker damals ins Haus gekommen war.

Der Gedanke, einen Mord verpennt zu haben, wirkte auf den Hauptkommissar wie eine eiskalte Dusche. Er schüttelte die bleierne Müdigkeit ab, die ihm noch in den Knochen steckte, zog seine Waffe und entsicherte diese. Dann riss er die Türen aller Zimmer auf und rief nach der Journalistin, erntete aber nur Schweigen.

Hastig eilte er die Stufen hinab und durchquerte den dunklen Raum mit schnellen Schritten. Dabei stolperte er über einen Eisenring, der in den Boden eingelassen war und konnte sich erst im letzten Moment an der Waschmaschine abstützen. Wenige Augenblicke später hatten sich seine schlimmsten Befürchtungen bestätigt, denn die Kellertür war offen.

Hansen rannte hinaus und sah sich um, konnte aber niemanden entdecken. Ein Rascheln ließ ihn innehalten. Das Geräusch war direkt hinter ihm. Er wirbelte herum und ... stand seinem Kollegen gegenüber.

»Was machst du denn hier?« Jan ließ seine Waffe sinken.

»Niemeier ist verschwunden. Hast du nichts bemerkt?«

»Verschwunden? Wie meinst du das denn?« Er blickte seinen Vorgesetzten mit weit aufgerissenen Augen an.

»Wie ich es sage.«

»Verdammt, wie konnte das nur passieren? Du hast Niemeier doch die ganze Zeit im Auge gehabt, oder etwa nicht?«

»Natürlich ... ich habe mir nur einen Sekundenschlaf gegönnt. Wie spät ist es denn jetzt?«

»Kurz nach zwei. Sag mir nicht, dass du eingepennt bist.«

»Wie gesagt, nur ein Sekundenschlaf.«

»Das glaube ich jetzt echt nicht.« Jan fuhr sich mit den Fingern durch die gegelten Haare. »Wenn bekannt wird, dass ein Kidnapper sein Opfer vor den Augen zweier Polizisten entführt hat, werden wir in Ostfriesland für alle Ewigkeit mit wenig schmeichelhaften Begriffen wie *Vollpfosten in Uniform* oder *Deppen im Dienst* angeredet werden.«

»Dann sollten wir besser dafür sorgen, dass niemand davon erfährt.« Hansen kaute auf seinem Zigarrenstumpen. »Hast du im Haus alles abgesucht? Nicht dass Niemeier im Bett liegt und von der ganzen Aufregung nichts mitbekommt.«

»Hältst du mich etwa für einen Döspaddel?«

»Willst du wirklich eine Antwort auf diese Frage?«

»Nee, lass mal. So einen Spruch habe ich heute schon einmal gehört«, winkte Hansen genervt ab. »Wenn der Spökenkieker Niemeier entführt hat, könnte er sie in seiner Hütte gefangen halten.«

»Vogts hat er auch direkt getötet, wenn er es war«, wandte Jan ein und sagte dann mit belegter Stimme: »Hoffentlich haben wir mit seiner Freilassung keinen Fehler gemacht.«

»Die Beweise gegen Tütken sind so schwerwiegend, dass wir diese keinesfalls ignorieren konnten.«

»Dennoch ... ich weiß nicht. Was für eine Scheiße!« Jan stampfte mit dem rechten Fuß auf.

»Du bleibst hier und suchst nach Spuren, die uns weiterhelfen können. Ich versuche, den Spökenkieker zu finden.«

»Allein? In seinem Wahn könnte er zu allem fähig sein.«

»Er wird mir bestimmt nichts antun.« Bei dieser Bemerkung dachte der Hauptkommissar an den Muskelprotz, den Bjarne in die Flucht geschlagen und ihn so davor bewahrt hatte, nach allen Regeln der Kunst verdroschen zu werden.

»Zudem wissen wir nicht mit Sicherheit, ob der Spökenkieker überhaupt etwas mit der Entführung zu tun hat.«

»Wer soll es denn sonst gewesen sein?«

»Astrid Tütken. Wie ihr Mann hat auch sie kein Alibi, weil sie in der Mordnacht in ihrem Zimmer geschlafen haben will, was aber niemand bezeugen kann.«

»Bisher haben wir keine Beweise für ihre Täterschaft. Zudem wird uns ihr Anwalt bei der kleinsten Ermittlungspanne in die Pfanne hauen. Ich mach mich jetzt vom Acker.«

»Keine Alleingänge. Melde dich, wenn es brenzlig wird. Ich komme dann so schnell wie möglich.«

»Ich wusste nicht, dass dir so viel an mir liegt.«

»Das tut es nicht. Ich habe nur keine Lust, die ganze Arbeit allein machen zu müssen.« Jan grinste schief.

Hansen lief zur Polizeistation. Dort schwang er sich auf sein E-Bike und trat fest in die Pedale. Zu dieser nachtschlafenden Zeit war die Insel wie ausgestorben. Ein lauer Nachtwind wehte. Der Mond überzog die Dünenlandschaft, durch die er radelte, mit silbernem Licht. Die Sterne funkelten wie Diamanten am Firmament. Die Idylle einer paradiesischen Insel war so perfekt, dass sie keinesfalls durch einen weiteren Mord gestört werden durfte.

Der Hauptkommissar war mit der Unterstützung des Elektromotors auf dem mit Steinen gepflasterten Weg so schnell unterwegs, dass er aus einer Kurve getragen wurde und im losen Sand wegrutschte. Erst im letzten Moment konnte er eine Bruchlandung vermeiden und radelte nun etwas langsamer seinem Ziel entgegen. Niemandem war geholfen, wenn er mit gebrochenen Knochen in den Dünen liegen blieb.

Am Ende des Weges stellte er seinen modernen Drahtesel ab und zog den Friesennerz aus, denn in der Nacht war er damit so auffällig wie eine Signalboje. In geduckter Haltung schlich der Hauptkommissar durch die Dünen, bis er die Hütte des Spökenkiekers sehen konnte.

Hinter den Fenstern brannte kein Licht. Alles war ruhig – bis zu dem Moment, in dem ein grauenvoller Schrei die nächtliche Stille zerfetzte. Hansen zögerte keine Sekunde und rannte los. Dabei rutschte er aus seinem rechten Clog, stolperte und fiel der Länge nach in den Sand. Er rappelte sich auf, schlüpfte aus dem zweiten Clog und lief in seinen geringelten Socken weiter.

Von der letzten Düne aus hatte er einen guten Blick über den weitläufigen Strand. Zwei Personen, die er im Mondlicht wie ein Schattenspiel wahrnahm, rangelten dort miteinander.

Sekunden später ertönte ein weiterer Schrei. Hansen eilte, so schnell es in dem lockeren Sand möglich war, zum Strand.

»Hilfe!« Juliane Niemeier rannte ihm entgegen. Sie war klitschnass, die Haare klebten in ihrem Gesicht. Das T-Shirt war zerrissen. Neben den blutigen Lippen hing ein abgerissenes Paketband. Die weit aufgerissenen Augen ließen sie im Mondschein wie eine Wahnsinnige aussehen.

An ihrem rechten Handgelenk baumelte das längere Ende eines Hanfseils, mit dem sie offensichtlich gefesselt worden war.

Wenige Meter vor ihm kam sie ins Straucheln und fiel in den Sand. Er lief zu ihr und beugte sich über den zitternden Körper.

»Sind Sie okay?«

»Spökenkieker. Mörder.« Sie deutete auf die dunkle Gestalt, die unbeholfen auf sie zueilte.

Hansen zog seine Waffe und entsicherte diese.

»Stehen bleiben!«, wies er Bjarne Joken an, der nun vor ihm auftauchte.

»Ich habe nichts gemacht.« Er hob die Hände. »Sie hat ...«

»Nichts gemacht? Du hast mich aus meinem Haus verschleppt und wolltest mich in der Nordsee ertränken, du durchgeknallter Irrer«, schrie Niemeier wie von Sinnen und rappelte sich auf.

Hansen bemerkte, dass die Hose des Spökenkiekers durchnässt war. Demnach war auch er im Wasser gewesen.

»Hände auf den Rücken, aber zackig«, befahl der Hauptkommissar und klimperte mit den Handschellen.

»Ich ... nicht ...« Der alte Mann sah ihn flehend an. Dann folgte er der Aufforderung und der Polizist legte ihm die Handschellen an.

»Hiermit verhafte ich dich wegen Entführung und versuchten Mordes. Du hast das Recht zu schweigen. Alles was du sagst ... Schiet ok, den Rest soll Jan dir vorbeten, wenn wir in der Polizeistation sind. Ich rufe Ihnen einen Rettungswagen.«

Die letzten Worte richtete Hansen an Niemeier. Dann sicherte er die Waffe, steckte sie ein und zückte sein Smartphone.

»Ich brauche keinen Arzt. Ihretwegen wäre ich beinahe gestorben. Wie kann man nur so unfähig sein!« Sie ballte die Hände zu Fäusten und einen Moment hatte es den Anschein, als wollte sie auf den Hauptkommissar einschlagen. Dann lockerte sie ihre Finger wieder.

»Sind Sie sicher?«, hakte Hansen nach.

»Dass Sie ein unfähiger Polizist sind? Aber sowas von sicher.«

»Ich dachte eher an den Rettungswagen.« Der Hauptkommissar seufzte vernehmlich und widersprach nicht, da er die Wut der Frau gut verstehen konnte – schließlich war er eingeschlafen und konnte froh sein, dass er sie im letzten Moment gerettet hatte. Er kramte sein Smartphone aus der Hosentasche und rief Jan an. Dieser versprach, mit einem Streifenwagen bis zum Ostland zu fahren, damit Hansen und sein Gefangener nicht den Weg bis zur Polizeistation laufen mussten.

»Wenn Sie keine medizinische Hilfe in Anspruch nehmen wollen, können Sie mitfahren«, bot er Niemeier an.

»Mit diesem Psycho werde ich mich sicherlich nicht in ein Auto setzen.«

»Er kann Ihnen nichts mehr antun.«

»Da bin ich keinesfalls sicher.« Niemeier schüttelte den Kopf so heftig, dass Wasser aus ihren nassen Haaren spritzte.

»Dann nehmen Sie zumindest mein E-Bike. Damit sind Sie schneller im Zentrum. Ich muss allerdings noch ihre Aussage aufnehmen.«

»Heute Nacht? Hat das nicht bis morgen früh Zeit?«

»Erfahrungsgemäß erinnert man sich direkt nach der Tat besser an den Vorfall als am nächsten Tag. Es wird auch nicht lange dauern.«

»Wenn es unbedingt sein muss. Ich kann jetzt ohnehin nicht schlafen.« Niemeier zog eine Flunsch. »Ich nehme das Rad. Wir sehen uns gleich.«

Wenige Minuten später hatte Hansen mit dem Verhafteten die Straße erreicht. Kurz darauf erschien Jan mit dem Streifenwagen und stieg aus. Bjarne Joken, der bisher geschwiegen hatte, blickte die beiden Polizisten an. »Der Nordseefluch ...«

»Lass mich bloß in Ruhe mit deinem Gesabbel. In den letzten Jahren hast du dir nie etwas zuschulden kommen lassen. Was um alles in der Welt hat sich geändert?«, fragte der Hauptkommissar.

»Zu viele Leute.«

»Du bist wegen der Schaulustigen ausgerastet und wolltest dich an den Journalistinnen rächen, die den Ball ins Rollen gebracht haben, richtig? Dabei haben die Frauen nur auf ein Video im Internet reagiert.«

»Das Meer sucht sich seine Opfer.«

»Bjarne, lass gut sein«, winkte Hansen ab.

Die Beamten verfrachteten den Spökenkieker in den Streifenwagen und fuhren zur Polizeistation. Dort sperrten sie ihn in eine Zelle. Juliane Niemeier stampfte eine Viertelstunde später ins Büro.

»Können wir es kurz machen?« Sie blieb vor Hansens Schreibtisch stehen.

»Natürlich. Ich habe nur einige Fragen.« Der Hauptkommissar musterte die Journalistin, die wegen seiner Nachlässigkeit beinahe gestorben wäre, mitleidig. Ein solcher Fauxpas war ihm in den vielen Jahren als Polizist noch nie passiert. Vielleicht wurde er doch langsam alt und sollte seinen Job an den Nagel hängen, bevor seinetwegen jemand verletzt oder sogar getötet wurde.

»Wann ist der Angreifer in Ihr Haus eingedrungen?«

»Keine Ahnung. Zu diesem Zeitpunkt habe ich noch in der Redaktion gearbeitet und nicht auf die Uhr geachtet. Plötzlich stand er hinter mir und hat mir ein Messer an die Kehle gehalten. Dabei hat er irgendwas von der Nordsee und einem Fluch gefaselt und dass ich die Klappe halten soll.«

»Haben Sie sich gewehrt?«

»Was würden Sie denn machen, wenn Ihnen ein Irrer ein Messer an den Hals hält?«, antwortete Niemeier mit einer Gegenfrage und fügte dann hinzu: »Natürlich nicht.«

»Demnach haben Sie auch nicht um Hilfe gerufen.«

»War das jetzt eine Frage?« Sie funkelte Jan, der das gesagt hatte, wütend an.

»Nein. Ich habe nur laut überlegt.«

»Na super. Mit dem Denken hättet ihr Clowns früher anfangen sollen.«

»Niemandem ist mit Ihren Beleidigungen geholfen.« Der junge Polizist wich ihrem Blick nicht aus. »Auch wenn in dieser Nacht einiges schiefgelaufen ist, haben Sie kein Recht, so ausfallend zu werden.«

»Da ist was dran«, bekräftigte Hansen.

»Ich habe nicht um Hilfe gerufen«, nahm die Journalistin den Gesprächsfaden wieder auf. »Vor Angst war ich wie versteinert. Der Mistkerl hat mir den Mund mit Paketband zugeklebt und mich aufstehen lassen. Nachdem er mir die Hände auf dem Rücken gefesselt hatte, hat er mich am Arm gepackt und durch den Keller nach draußen geführt.«

»Wie haben Sie das Grundstück verlassen?«

»In der Hecke ist ein Durchschlupf. Von dort aus kommen Sie zur Seitenstraße. Um diese Zeit ist dort nur selten jemand unterwegs und wir sind auch niemandem begegnet. Ich habe auf ihr Eingreifen gewartet, aber niemand hat mir geholfen.« Bei dieser Bemerkung sah sie die Polizisten herausfordernd an, verkniff sich aber eine weitere Beleidigung. »In den Dünen hatte ich dann jede Hoffnung verloren. Als er mich in die Nordsee zerrte ...« Sie verstummte, senkte den Kopf und blickte zu Boden. Einen Moment lang sagte niemand ein Wort.

»Hat er Ihnen etwas angetan?«, wollte Hansen wissen.

»Er hat mich nicht geschlagen oder missbraucht, wenn Sie das meinen. Der Spökenkieker wollte mich nur ertränken, aber das ist schlimm genug. Dabei hat er ständig von der Nordsee gefaselt, die ein neues Opfer brauche. Der Kerl ist total meschugge. Kann ich jetzt nach Hause?«

»Wenn Sie nach dem traumatischen Erlebnis mit einem Psychologen sprechen wollen, können wir Ihnen gerne ...«

»Ich brauche keinen studierten Weißkittel und komme allein klar. Der Einzige, der hier einen Psychologen braucht, sitzt in der Zelle.« Niemeier stand auf.

»Halten Sie sich zu unserer weiteren Verfügung«, verlangte der Hauptkommissar. Sie nickte und verließ wortlos die Polizeistation.

»Was hältst du von der ganzen Sache?«, fragte Hansen seinen Kollegen und kaute auf dem Zigarrenstumpen.

»Wir haben Glück gehabt, dass der Spökenkieker Niemeier nicht umgebracht hat. Da ich davon ausgehe, dass sie die Ereignisse publik machen wird, sollten wir uns auf einen digitalen Shitstorm und Anfeindungen auf der Insel gefasst machen. Wenn der Polizeipräsident von dem Desaster erfährt, könnten wir in den Innendienst versetzt werden und dürfen für den Rest unseres Berufslebens Akten sortieren oder Fundsachen katalogisieren.«

»Ich werde bis zu meiner Pensionierung auf Borkum arbeiten«, gab sich der Kommissar kämpferisch.

»Die könnte schneller kommen, als dir lieb ist. Im Gegensatz zu dir habe ich aber noch einige Jahre vor mir.«

»Du hast nichts zu befürchten, denn ich werde die alleinige Schuld auf mich nehmen. Schließlich habe ich gepennt und nicht du.«

»Die beiden hätten mir trotzdem nicht entwischen dürfen. Selbst wenn der Spökenkieker unbemerkt ins Haus gekommen wäre, hätte ich ihn bei der Entführung entdecken müssen. Wir hängen da beide mit drin.«

»Sollte es zu einer Untersuchung kommen, halte ich dir den Rücken frei, schließlich habe ich Mist gebaut.«

»Bist du mit deiner Selbstgeißelung bald fertig? Deine sentimentalen Anfälle nehmen inzwischen ein beunruhigendes Ausmaß an. Wir stehen das zusammen durch, ist das klar?« Jans Stimme war immer lauter geworden. Lauter als beabsichtigt.

Der Hauptkommissar musterte ihn mit ernstem Blick und nickte dann. »Okay. Ich werde mir erst einmal die Umgebung des Hauses ansehen. Hoffentlich finden wir einen Hinweis, der uns weiterhilft.«

»Besser ist das. Jetzt kann uns nur noch eine gute Erklärung davor retten, bei den Ermittlungen als ostfriesische Volltrottel dazustehen.«

Puzzleteile

Borkum, Juli

Hansen nahm das Grundstück der *Zeitenwende* noch in der Nacht unter die Lupe. Im Licht der Taschenlampe bemerkte er einige abgeknickte Zweige an einem Loch in der Hecke – demnach schien die Aussage von Niemeier zu stimmen. In dem Fenster, hinter dem die Redaktion lag, brannte Licht. Wahrscheinlich schrieb die Journalistin gerade an einem Artikel, in dem sie kein gutes Haar an den Borkumer Polizisten lassen würde. Er konnte es ihr nicht einmal verdenken.

Nach der Inspektion radelte er mit seinem E-Bike noch einmal zur Hütte des Spökenkiekers, neben der die traurigen Überreste des verbrannten Schuppens wie schwarze Knochen in den Himmel ragten. Inzwischen dämmerte es bereits. Bald würde die Sonne aufgehen und Borkum mit ihrem goldenen Licht überfluten.

Hansen sah sich in der ärmlichen Behausung um, ohne zu wissen, wonach er eigentlich suchte. Bei der Inspektion wurde er immer wieder von knarzenden Bohlen erschreckt. Die Witterung hatte dem Holz in den letzten Jahren stark zugesetzt, so dass es sich verzogen hatten. In der Redaktion hatten einige Bodendielen auch geknarzt und das war ...

Der Hauptkommissar blieb abrupt stehen und schob den Zigarrenstumpen von einem Mundwinkel in den anderen. Das Gefühl, etwas Wichtiges zu übersehen, war so übermächtig, dass es Substanz zu haben schien. Als er aber danach greifen wollte, verflüchtigte es sich wie Morgennebel.

Hansen konzentrierte sich bei seiner Betrachtung vor allem auf den Inhalt des Regals und nahm die Flaschen genau in Augenschein, allerdings ohne einen Hinweis zu finden, der ihm bei seinen Ermittlungen helfen konnte. Auf der Suche nach Anhaltspunkten kniete er sich sogar auf den Boden – wobei ein Knie knackend protestierte - und suchte die Ritzen zwischen den Brettern ab, konnte aber auch dort nichts entdecken.

Der Hauptkommissar erhob sich und trat nach draußen. Die Sonne ging gerade auf und zauberte ein sich ständig änderndes Kaleidoskop aus Farben an den Himmel.

Gedankenverloren folgte er dem schmalen Pfad zum Strand und blickte zur Nordsee, deren Wellen an diesem frühen Morgen träge an den Strand plätscherten.

Hansen war davon überzeugt, dass der Spökenkieker noch immer friedlich nach seinen Männern suchen würde, wenn er nicht urplötzlich ins Schaufenster der digitalen Welt gestellt worden wäre, wo er wie ein Freak begafft und mit wüsten Kommentaren beschimpft wurde. Einige Menschen schienen vor dem Computer jede Zivilisation abzustreifen und benahmen sich wie Neandertaler – wobei die Computermaus die Keule ersetzte, die sie ihren Feinden über die Schädel zogen.

Obwohl Bjarne Joken aller Wahrscheinlichkeit nach ein Mörder war, hätte er mehr für ihn tun müssen. Vielleicht wäre die Sache nicht eskaliert, wenn er schnell und konsequent gehandelt hätte.

Mit dem unguten Gefühl, versagt zu haben, kehrte er zur Polizeistation zurück. Sein Kollege bemerkte ihn nicht, weil er wie gebannt auf seinen Bildschirm starrte.

»Du sollst arbeiten und nicht den ganzen Tag vor diesem Daddelkasten hängen.« Der Hauptkommissar zog den Friesennerz aus.

»Eine Internetrecherche ist inzwischen wesentlicher Bestandteil einer Ermittlung«, informierte Jan seinen Vorgesetzten, ohne aufzusehen, und fuhr dann fort: »Meine schlimmste Befürchtung ist eingetroffen: Niemeier hat auf der Homepage der *Zeitenwende* von ihrer Entführung und dem Mordversuch des Spökenkiekers berichtet und uns wie Deppen dargestellt. Zudem plant sie eine Sonderausgabe der Zeitung, die sich nur mit dem Spökenkieker befassen wird. Damit wird sie die *Zeitenwende* bestimmt in eine astronomische Auflagenhöhe katapultieren. Eine Berichterstattung über die letzte Nacht dürfte mehr Geld in ihre Kassen spülen, als die gesamten Verkäufe der letzten Jahre.«

»Ist sie jetzt alleinige Besitzerin der Zeitung?«, fragte Hansen und trat zum Schreibtisch seines Kollegen.

»Meines Wissens schon. Heike hat von einem Testament erzählt, nach dem Niemeier alle Vermögenswerte erbt. Da Vogts keine Familie mehr hat, ist es naheliegend, dass sie alles ihrer besten Freundin vererbt.«

»Da ist was dran«, grummelte der Hauptkommissar. »Bisher habe ich immer gedacht, dass die Frauen mehr als reine Freundschaft verbindet, aber wenn Vogts mit dem Hotelier ein Verhältnis hatte und sich mit ihm ein neues Leben aufbauen wollte, habe ich mich darin wohl geirrt.«

»In den letzten Tagen haben wir uns zu oft geirrt«, übte sich Jan in Selbstkritik. »Trotz der Beweise müssen wir Tütken aus der Untersuchungshaft entlassen. Da der Spökenkieker für Niemeiers Entführung und den Mordversuch verantwortlich ist, müssen wir davon ausgehen, dass er auch die andere Journalistin ertränken wollte. Zu allem Überfluss hat Niemeier in aller Ausführlichkeit darüber berichtet, dass du als Personenschützer eine Niete bist, weil du geschlafen hast.«

Hansen seufzte vernehmlich. »So etwas ist mir noch nie passiert. Ich habe noch immer keine Erklärung dafür.«

»Du wirst alt«, versuchte sich Jan an einem Scherz, worauf sein Vorgesetzter so gequält lächelte, als hätte er Zahnschmerzen.

»Noch so ein Spruch und ich grabe dich bei Ebbe im Watt ein. Unsere bisherigen Ermittlungsergebnisse sind wie einzelne Puzzleteile, die einfach nicht zusammenpassen wollen. Der Spökenkieker ist ein komischer Kauz, der aber viele Jahre lang niemandem etwas angetan hat. Natürlich kann ihm nach der Berichterstattung in der *Zeitenwende* und dem Brand seines Schuppens eine Sicherung durchgebrannt sein.

Rache ist ein starkes Motiv, von daher könnte er als Täter in Frage kommen. Aber wenn Bjarne so ein eiskalter Killer ist, wie er in der Öffentlichkeit dargestellt wird, hätte er die Frauen im Haus getötet, als er die Gelegenheit dazu hatte.

Tütken hingegen hätte mit dem Mord an Vogts eine Affäre vertuschen können. Seine Hautpartikel unter dem Fingernagel des Opfers sind ein schwerwiegender Beweis für seine Tat. Aber er kann Niemeier unmöglich entführt haben, da er zu diesem Zeitpunkt in Untersuchungshaft war.«

»Ich habe keine Ahnung, worauf du mit deinen Überlegungen eigentlich hinauswillst. Zudem kann man dem Spökenkieker sicherlich kein rationales Denken unterstellen. Der Kerl lebt in seiner eigenen Welt, die mit unserer Realität bestimmt nicht viel zu tun hat. Zudem besteht doch kein Zweifel, dass der Spökenkieker Niemeier aus dem Haus entführt hat und ertränken wollte.«

»Nicht unbedingt.« Hansen schlurrte zu seinem Platz und ließ sich auf den Stuhl fallen.

»Wie meinst du das denn?« Jan riss die Augen auf.

»Mir geht die Aussage von Niemeier noch immer durch den Kopf. Ihren Worten nach hat sie so konzentriert gearbeitet, dass sie den Spökenkieker erst bemerkt hatte, als dieser hinter ihr stand und ihr das Messer an die Kehle hielt.«

»Das kann doch sein. Ich vergesse bei der Arbeit auch oft alles um mich herum.« Der junge Polizist beugte sich vor.

»Niemeier sitzt aber mit dem Rücken zur Wand. Wenn sie aufblickt, hat sie die Tür im Auge. Der Spökenkieker hätte also zunächst um ihren Schreibtisch gehen müssen, um sich hinter sie zu stellen. Das will sie nicht bemerkt haben?«

»Na und? Sie wird sich bestimmt nicht selbst entführt haben.«

»Schlauschnacker.«

»Zudem hat sie nicht gesagt, an *ihrem* Schreibtisch gesessen zu haben«, führte Jan weiter aus. »Sie könnte auch an Vogts Arbeitsplatz gewesen sein und hätte dann mit dem Rücken zur Tür gesessen.«

»Da ist was dran. Ich werde mir Astrid Tütken noch einmal vornehmen. Sie könnte Vogts aus Eifersucht umgebracht haben und hat kein stichhaltiges Alibi für die Tatzeit.«

»Das halte ich für keine gute Idee, denn ihr Anwalt wird uns beim kleinsten Fehler durch die Mangel drehen. Zudem trifft das Motiv der Eifersucht auch auf Niemeier zu. Du weißt doch, was man sich über die beiden Frauen auf der Insel erzählt.«

»Dass sie eine Liebesbeziehung haben?«, hakte Hansen überflüssigerweise nach und nickte, als wollte er sich diese Frage damit selbst beantworten. »Die Gerüchte können aber nicht stimmen, da Anita ein Verhältnis mit dem Hotelier hatte.«

»Dennoch könnte Juliane mehr gewollt haben und ihre Freundin aus Eifersucht ertränkt haben.«

»Warum sollte sie ihre Freundin umbringen? An ihrer Stelle hätte ich den Nebenbuhler getötet. Wenn der Spökenkieker Vogts nicht ermordet hat – warum hat er Niemeier dann entführt?« Der Hauptkommissar stand auf.

»Dieser Fall macht mich ganz tüdelig. Ich mache jetzt einen Spaziergang und lasse mir von einer Nordseebrise mein Oberstübchen durchlüften. Das hilft beim Denken.«

»Um eine Logik in allen Ereignissen zu erkennen, sollte es besser ein Sturm sein. Kannst du auf dem Rückweg Brötchen mitbringen? Ich bin am Verhungern.«

Hansen knurrte etwas Unverständliches und verließ das Büro. Zehn Minuten später war er am Strand, wo er den ersten Urlaubern begegnete. Einige joggten an der Wasserlinie entlang. Andere schienen von ihrem Nachwuchs aus den Betten geholt worden zu sein und buddelten mit verschlafenen Augen im Sand. Mit in den Hosentaschen vergrabenen Händen marschierte der Hauptkommissar Richtung Osten.

In den letzten Tagen war er nur wenig an der frischen Luft gewesen und in dem stickigen Mief von Bjarnes Behausung hatte er kaum atmen können. Die Hütte war so alt, dass das Holz zu leben schien, und ächzte wie ein alter Mann. Die Bretter knarzten bei jedem Schritt und ...

Knarzende Bretter.

Der Hauptkommissar erinnerte sich an seinen letzten Besuch in der Hütte und an das Gefühl, dass die Lösung des Falles nur ein Wimpernschlag entfernt gewesen war.

Knarzende Bretter.

»Konzentrier dich«, ermahnte er sich selbst und kaute auf seinem Zigarrenstumpen. Vor seinem inneren Auge sah er die Behausung des Spökenkiekers vor sich - allerdings ohne einen Hinweis auf die Lösung des Falls zu finden.

Knarzende Bretter.

Im Haus der *Zeitenwende* hatten auch mehrere Bretter geknarzt. Obwohl das Haus deutlich besser in Schuss war, hatte das Holz dort auch einige Jahre auf dem Buckel.

Knarzende Bretter.

Ich habe in der Redaktion gearbeitet und nicht auf die Uhr geachtet. Plötzlich stand er hinter mir und hat mir ein Messer an die Kehle gehalten. Die Stimme von Juliane Niemeier hallte in seinem Kopf nach wie ein Echo.

Einige Bretter in der Reaktion knarzten so laut, dass niemand sich vom Flur her anschleichen konnte. Selbst wenn Juliane am Schreibtisch ihrer verstorbenen Freundin gesessen hatte, hätte sie den Eindringling hören müssen. Sogar Hansen hätte etwas von den Schritten im Flur mitbekommen müssen, da er normalerweise einen leichten Schlaf hatte. Zudem hatte er noch einen Kaffee getrunken, den ihm Juliane gebracht hatte.

Die Tabletten sind ziemlich heftig, aber ohne die Dinger kann ich nicht mehr pennen. Erneut hörte er Niemeiers Stimme in seinem Kopf und plötzlich ergaben die einzelnen Puzzleteile, die bisher nicht zusammenpassen wollten, ein stimmiges Bild – das grauenvoller kaum sein konnte.

Hatte ihn die Journalistin mit Schlaftabletten ausgeknockt? Hatte sie die Entführung nur vorgetäuscht, um die Polizei auf eine falsche Fährte zu locken? Alleine wäre sie auch unbemerkt an Jan vorbeigekommen, was bei einem Kidnapping seiner Meinung nach unmöglich gewesen wäre. Hatte sie ihre Freundin aus Eifersucht umgebracht und das Testament, von dem Heike erzählt hatte, gefälscht? Da die beiden Frauen nicht verheiratet waren, würde Juliane bei einer Trennung finanziell leer ausgehen – nun würde sie alles bekommen.

Die Journalistin hatte also mehrere Gründe für den Mord. Waren alle Spuren reine Ablenkungsmanöver, um die Polizei auf eine falsche Fährte zu locken? Hatte sie den Mord von langer Hand geplant und den Spökenkieker in der Öffentlichkeit als Schuldigen hingestellt?

Der Gedanke, dass Niemeier sie auf eine falsche Fährte gelockt hatte, wirkten wie ein heftiger Punch. Hansen stützte die Hände auf die Oberschenkel und atmete tief durch. Wenige Augenblicke später zog er das Smartphone aus seiner Hosentasche und rief Jan an. Aber dieser nahm das Gespräch nicht entgegen. Der Hauptkommissar steckte das Gerät wieder ein und rannte, so schnell es in den Clogs möglich war, zum Haus der *Zeitenwende.* Niemeier würde ihm einige Fragen beantworten müssen.

Wachstropfen

Borkum, Juli

Heike Gessner wurde durch die Melodie des Liedes *Strandtag* der Band *Olde Düne* geweckt, den sie sich als Klingelton hinterlegt hatte. Sie tastete mit den Fingern über das Nachtschränkchen, griff nach dem Mobiltelefon und warf einen verschlafenen Blick auf das Display, auf dem ihr ein Schnappschuss von Jan angezeigt wurde.

»Moin«, nuschelte sie.

»Niemeier wurde in der letzten Nacht entführt. In den sozialen Netzwerken wird bald der Teufel los sein«, kam er gleich zur Sache.

»Juliane ist verschwunden?« Die Buchhändlerin setzte sich auf und fuhr sich mit dem Handrücken über die Augen.

»Nee, sie ist wieder da.«

»Wie jetzt?« Ihr Verstand war noch im Schlafmodus, so dass sie ihrem Freund nicht folgen konnte, der nun von den Ereignissen in der letzten Nacht berichtete.

»Demnach ist der Spökenkieker doch ein Mörder«, fasste sie das Gesagte zusammen.

»Das ist möglich.« Jan seufzte vernehmlich und fuhr dann fort: »Juliane hat in der letzten Nacht jede ärztliche Behandlung abgelehnt und wollte auch keine psychologische Hilfe. Sie scheint das grauenvolle Ereignis in ihrem Onlineartikel der *Zeitenwende* zu verarbeiten, in dem sie Hansen und mich als Vollpfosten darstellt.«

»Das kann ich ihr nicht verdenken. Ihr habt euch wie Anfänger benommen.«

»Da ist was dran«, gab sich Jan reumütig. »In wenigen Stunden wird die ganze Insel von unserem nächtlichen Einsatz erfahren und dann werden wir uns vor dummen

Kommentaren nicht mehr retten können. Vielleicht sollte ich mich freiwillig versetzen lassen, bevor ich von der Insel abkommandiert werde.«

»Was wird dann aus uns?« Heike war nun hellwach.

»Wir werden das schon irgendwie schaffen.«

»*Irgendwie* reicht mir nicht«, unterbrach ihn die Buchhändlerin aufgebracht.

»Egal, was nun passiert, wir werden sicherlich einen Weg finden.«

»Sehr überzeugend klingt das nicht.«

»Ich weiß, aber ...« Jan verstummte einen Moment und fuhr dann fort. »... jetzt müssen Ragnar und ich erst einmal diesen Tag überstehen. Ich melde mich später.«

»Lass den Kopf nicht hängen. Ich fahre zu Juliane und rede mit ihr.« Heike beendete das Telefonat, stand auf und ging in die Küche. Kurz darauf saß sie mit einer Tasse Kaffee vor ihrem Laptop und las den Artikel von Juliane Niemeier, den diese in den frühen Morgenstunden auf der Website der *Zeitenwende* veröffentlicht hatte.

Danach sah sie sich die Kommentare in den Ostfriesland- und Nordseegruppen an, die nun, da immer mehr Leute aufstanden und im Internet surften, ständig zahlreicher wurden. Sie waren wie ein plätschernder Bach, der schon bald zu einem reißenden Strom werden würde.

Bis auf wenige Ausnahmen zogen alle Leute mit mehr oder weniger drastischen Bemerkungen über die Borkumer Polizisten her. Einige forderten deren Entlassung, andere verlangten die Todesstrafe für den Spökenkieker.

Heike klappte den Laptop zu, als könnte sie die Kommentare auf diese Weise auslöschen. Aber sie wusste genau, dass das nicht möglich war, denn die Frage war nicht, ob der digitale Sturm auch in der Realität wüten würde, sondern nur, wie viel Schaden er anrichten konnte.

Trotz des Artikels, der sich auch gegen Jan richtete, konnte die Buchhändlerin Juliane gut verstehen. Die arme Frau hatte innerhalb weniger Tage nicht nur ihre beste Freundin verloren, sondern musste bei der Entführung auch Todesängste ausgestanden haben. Viele Menschen wären an diesen Ereignissen emotional zerbrochen oder hätten sich in psychologische Behandlung begeben.

Trotz allem würde sie Juliane um Verständnis für die Polizisten bitten – schließlich waren die beiden auch nur Menschen. Zudem war Hansen inzwischen nicht mehr der Jüngste. Wenn die Journalistin nur ein Ventil brauchte, um ihrer Trauer und Wut Ausdruck zu verleihen, würde sie ihr gerne zuhören. Bei ihr waren die Worte besser aufgehoben, als wenn Juliane diese über das Internet in die Welt hinausposaunte.

Heike musste unbedingt verhindern, dass Jan versetzt wurde. Ein Leben ohne ihn war genauso unvorstellbar wie ein Leben, das *nicht* auf Borkum stattfand. Wenn es sein musste, würde sie die Buchhandlung heute erst später öffnen oder im Notfall sogar geschlossen lassen. Nach einer schnellen Dusche zog sich Heike an und legte etwas Make-up auf.

Bevor sie das Haus verließ, warf sie einen letzten Blick auf die Website der *Zeitenwende*, die Juliane drei Minuten zuvor aktualisiert hatte. Da sie ihre Arbeit sicherlich in der Redaktion erledigte, schien sie daheim zu sein.

Heike radelte über die alte Strandmauer zum Zentrum. Um kurz nach acht waren nur wenige Urlauber unterwegs. Neben einigen Läufern begegneten ihr dort nur Touristen, die ihre Hunde ausführten. Die meisten Gäste lagen um diese Zeit noch in den Federn. In wenigen Stunden würden die Strandkörbe und -zelte voller sonnenhungriger Menschen sein, die das unbeschwerte Inselleben in vollen

Zügen genossen – bis sie aus dem Internet vom Grauen der letzten Nacht erfuhren.

Heike hielt an einer Bäckerei und kaufte Brötchen und süße Stückchen. Mit den frischen Backwaren machte sie sich auf den Weg zur Hindenburgstraße.

Heike stellte das Fahrrad auf dem geschotterten Weg ab und stieg die fünf Stufen zur Eingangstür der *Zeitenwende* hinauf. Die Rosen in dem Kübel neben der Tür ließen in der trockenen Erde die Köpfe hängen. Wahrscheinlich waren sie seit Anitas Tod nicht mehr gegossen worden.

Heike strich sich eine Haarsträhne, die sich aus ihrem Stirnband gelöst hatte, hinter das Ohr, atmete tief durch und klingelte. Im Inneren des Hauses ertönte ein tiefer Gong. Auch wenn sie keine Ahnung hatte, wie Juliane auf ihren Besuch reagieren würde, verkrampfte sich ihr Magen als würde er von einer unsichtbaren Hand gequetscht. Wenige Augenblicke später hörte sie Schritte, dann wurde die Tür geöffnet.

»Heike, was willst du denn hier?«

Die Buchhändlerin erschrak beim Anblick der Journalistin. Ihre Haut hatte die Farbe kalter Asche. Die Haare hingen ihr in fettigen Strähnen ins Gesicht. Die Augen lagen so tief in den Höhlen, als hätte sie jemand in den Schädel gedrückt.

»Sehe ich so schlimm aus?«, fragte Juliane, der Heikes entsetzter Gesichtsausdruck nicht entgangen war.

»Sorry, ich wollte nicht ...«, stammelte die Buchhändlerin und hielt ihr die Brötchentüte entgegen. »Ich dachte, dass du nach der letzten Nacht eine Stärkung gebrauchen könntest.«

»Haben dich die Bullen geschickt?« Sie musterte Heike misstrauisch.

»Nein. Ich wollte einfach nur nach dir sehen.«

»Wieso das denn? Schließlich sind wir keine Freundinnen.«

»Weil ... ich dachte ... dann eben nicht.« Sie drückte Juliane die Brötchentüte in die Hand und wandte sich zum Gehen.

»Warte!« Heike, die schon auf der dritten Stufe war, drehte sich um.

»Ich wollte dich nicht vor den Kopf stoßen. Seit Anitas Tod bin ich vollkommen durch den Wind. Komm rein.«

»Bist du sicher? Ich möchte mich keinesfalls aufdrängen.«

»Das tust du nicht. Willst du Kaffee oder Tee?«

»Kaffee.« Heike trat ein, schloss die Haustür hinter sich und folgte Juliane in die Küche.

»Setz dich.«

»Ich kann dir beim Eindecken des Tisches helfen.«

»Lass mal. Du weißt ohnehin nicht, wo du Geschirr und alles andere findest.«

Während sich Juliane an dem Kaffeevollautomaten zu schaffen machte, nahm Heike auf einem der Stühle am Küchentisch Platz. Auf der Wachsdecke mit den Ankermotiven befanden sich Krümel, die Heike gedankenlos zu Boden wischte.

Dabei glitt ihre Hand über stecknadelkopfgroße Unebenheiten. Sie beugte sich vor und bemerkte rote Spritzer, die sie zunächst für Blut hielt. Erst als sie mit der Fingerkuppe darüberfuhr, erkannte sie, dass es sich dabei um Wachsflecken handelte.

Heike sah sich um, konnte in der Küche aber keine Kerze entdecken. Auch wenn Juliane hier eine Kerze entzündet und diese in ein anderes Zimmer mitgenommen haben konnte, war ihr kriminalistischer Spürsinn erwacht. Sie fixierte die geöffnete Weinflasche neben dem Kühlschrank, in die man in leerem Zustand einen Zettel stecken und sie mit Wachs versiegeln konnte – um daraus eine Flaschenpost zu machen, deren geheimnisvolle Botschaft Juliane mit ihrem Faible für Kalligrafie sicherlich fantasievoll gestalten konnte.

Oder in der Schrift des Spökenkiekers.

Die Erkenntnis, dass Juliane eine Flaschenpost angefertigt haben konnte, ließ Heike erstarren. Hatte die Journalistin die Todesdrohungen für Anita und sich selbst verfasst, um die Schuld auf den Spökenkieker zu schieben ... weil sie ihre Freundin umgebracht hatte?

Heike rang nach Atem, als wäre sie eine Weile unter Wasser gewesen und erst jetzt wieder aufgetaucht.

Ging die Fantasie als Krimiautorin mit ihr durch oder war Juliane eine Mörderin? Hatte die Journalistin Anita wegen des Erbes umgebracht? Schließlich hatte sie ihr das ganze Vermögen hinterlassen – mit einem handgeschriebenen Dokument, das Juliane selbst verfasst haben könnte. Konnte Juliane die Polizei mit der Flaschenpost, in der sich Anitas Foto und das Todesdatum befanden, auf eine falsche Spur gelockt haben? Wusste sie von dem Verhältnis zwischen Klaus und Anita? Hatte sie ihre Freundin aus Eifersucht getötet? Aber wie passte ihre Entführung durch den Spökenkieker dazu?

Fragen über Fragen schwirrten in Heikes Kopf herum wie ein wütender Wespenschwarm.

»Was ist mit dir? Du bist total blass geworden.« Juliane drehte sich zu ihr um und stellte eine Tasse mit aromatisch duftendem Kaffee vor Heike auf den Tisch. »Bist du etwa schwanger?«

Selbst auf die Gefahr hin, panisch zu reagieren und sich mit ihren Überlegungen lächerlich zu machen, musste Heike hier raus.

Sofort.

»Nee, mir ist einfach nicht gut. Kann ich kurz auf die Toilette?«

»Klar. Die linke Tür am Ende des Gangs.«

Heike stützte sich auf der Tischplatte auf und stakste auf Beinen, die wie Streichhölzer unter ihr nachzugeben drohten, auf den Flur. Dort rannte sie zur Haustür, riss diese auf und wurde ... dann so heftig am linken Arm gepackt, dass sie sich im Kreis drehte und gegen die Wand krachte. Während Heike benommen den Kopf schüttelte, hörte sie, wie die Haustür zugeschlagen wurde.

»Ich sagte: Linke Tür am Ende des Ganges.«

Juliane baute sich vor ihr auf. In der rechten Hand hielt sie ein Messer. »Ich habe dich auf der Chromfläche des Kaffeeautomaten wie in einem Spiegel beobachtet und bemerkt, wie du über die Wachsflecken gestrichen hast. Ich hätte eine neue Tischdecke auflegen sollen. Aber in den letzten Tagen hatte ich so viel um die Ohren, dass der Haushalt dabei zu kurz gekommen ist.«

»Ich weiß nicht, wovon du redest. Leg das Messer weg, du machst mir Angst.«

»Die solltest du auch haben.« Juliane grinste diabolisch. »Ich bin sicher, dass dich dein Bullenfreund zu mir geschickt hat. Solltest du mich im Auftrag der Polizei ausspionieren, weil die Döspaddel in Uniform zu dämlich sind?«

»Ich kann verstehen, dass du nach den grauenvollen Ereignissen überall Gespenster siehst, aber ich ... muss dringend nach Hause. Das Fenster im Bad steht noch offen.«

»Von einer Schriftstellerin hätte ich mehr Fantasie und vor allem deutlich mehr Dramatik erwartet. Wie wäre es mit einem angeschalteten Herd, einer überlaufenden Badewanne oder einer brennenden Kerze?«

»Lass mich einfach gehen.« Heike blickte Juliane in die Augen. Aber statt Mitgefühl sah sie dort nur blanken Hass.

»Das ist leider unmöglich.«

»Warum hast du mich überhaupt ins Haus gelassen, wenn du mich für eine Spionin hältst?«

»Weil ich wissen wollte, ob die Bullen etwas gegen mich in der Hand haben. Anscheinend haben sie aber keine Ahnung und sind durch meine falschen Spuren so verwirrt, dass sie mich als Täterin niemals ins Visier nehmen.«

»Mit einem Mord an mir kommst du nicht durch. Jan weiß, dass ich bei dir bin. Er wird jeden Augenblick hier sein.«

»Auch wenn das wahrscheinlich nur ein Bluff ist, werde ich kein Risiko eingehen. Gib mir dein Smartphone.«

»Niemals. Du kannst ...«

Die Ohrfeige kam so überraschend, dass Heike nicht mehr ausweichen konnte. Ihr Kopf wurde durch die Wucht zur Seite geschleudert.

»Beim nächsten Mal nehme ich das Messer. Her mit dem Ding.«

Heike, der nach dem Schlag Tränen über die Wangen liefen, kramte ihr Smartphone aus der Hosentasche und reichte es ihrer Widersacherin.

»Wie lautet der Code?«

»Jan2807«, presste sie zwischen bebenden Lippen hervor und wischte sich die Tränen aus den Augen.

Juliane gab das Passwort mit der rechten Hand ein und öffnete dann das Kurzwahlverzeichnis. Den Griff des Messers hielt sie währenddessen mit der linken Hand umklammert. Wenige Augenblicke später tippte sie auf dem Display herum.

»Ich habe deinem Süßen eine Nachricht geschrieben, in der steht, dass der Spökenkieker ein Mörder ist und es mir überraschend gut geht. Das war leider die letzte Nachricht, die dein Sonnenschein von dir bekommen hat. Ich muss nur ...«

Heike trat ihrer Widersacherin mit voller Wucht gegen die Kniescheibe. Juliane knickte ein, als wäre in ihrem Knie ein Scharnier eingebaut. Die Buchhändlerin nutzte den Moment, packte den linken Arm und drehte ihn nach außen. Das Messer rutschte aus kraftlosen Fingern und fiel zu Boden.

Heike kickte es außer Reichweite ihrer Gegnerin und packte die Klinke der Haustür. Sie wollte diese gerade nach unten drücken, als sich zwei Hände wie ein Stahlreif um ihr rechtes Fußgelenk klammerten und das Bein nach hinten wegrissen. Ihre Finger rutschten von der Klinke ab. Einen Moment lang tanzte sie auf einem Bein, dann fiel sie zu Boden.

Heike trat nach hinten aus und drehte sich auf die Seite. Binnen Sekundenbruchteilen stützte sie sich auf den rechten Arm und winkelte das Knie an – aber sie war zu langsam, denn Juliane stürzte sich wie eine Furie auf sie. In der Hand hielt diese das Messer, das sie wieder aufgehoben hatte, und drückte es Heike an die Kehle.

»Ist das alles, was du drauf hast?«, kommentierte sie ihren Fluchtversuch. »Aufstehen.«

Heike rappelte sich auf und lauerte auf eine Chance – aber Juliane gab sich keine weitere Blöße und schob sie vor sich her über die Stufen ins Untergeschoss. Wenige Minuten später hatte sie Heike mit einer Wäscheleine die Hände auf den Rücken gefesselt und die Knöchel zusammengebunden. Die Buchhändlerin lag auf dem kalten Steinboden und blickte flehentlich zu ihrer Peinigerin auf.

»Lass mich gehen.«

»Dazu ist es leider zu spät.« Die Journalistin beugte sich über sie und musterte Heike wie ein gefangenes Insekt. »Du hättest nicht herkommen dürfen.«

»Was hast du vor?«

»Zunächst werde ich dich im Verlies einsperren. Unter der Klappe befindet sich eine Kammer, die früher wahrscheinlich zur Aufbewahrung der Vorräte genutzt wurde. Bisher hatten wir dafür keine Verwendung, aber jetzt ist es ein perfektes Versteck, bis ich weiß, was ich mit dir anfangen soll. Vielleicht lasse ich dich darin auch einfach verrecken.«

»Die Polizisten werden nach mir suchen.«

»Daran zweifle ich nicht. Sie werden dich allerdings nicht finden. Wenn ich die Waschmaschine etwas verrücke, steht die genau auf der Bodenplatte.«

»Jan weiß, dass ich hier bin.«

»Das werde ich keinesfalls abstreiten. Während deines Besuches hast du allerdings einen Telefonanruf bekommen, bist in Tränen ausgebrochen und hast das Haus fluchtartig verlassen. In wenigen Stunden werde ich mit deinem Handy eine Abschiedsnachricht schreiben und das Gerät dann einem Touristen am Bahnhof vor der Abfahrt des Zuges in eine Tasche oder einen Koffer stecken. Bis die Bullen dein Handy orten, sind sie eine Weile beschäftigt und ich habe freie Bahn, um mit dir zu machen, was immer ich will. Ich werde deinem uniformierten Freund sogar helfen und eine Internetsuche organisieren. Bis mich der alte Hansen oder dein bescheuerter Lover verdächtigen, habe ich dich längst in den Dünen entsorgt.«

»Warum hast du Anita getötet? Sie war deine Freundin.«

»Das habe ich bis zu ihrem Verrat auch gedacht. Sie hatte ein Verhältnis mit Klaus Tütken, hast du das etwa schon vergessen?«

»Wie hast du davon erfahren?« Heike schöpfte neue Hoffnung. Wenn sie Juliane in ein Gespräch verwickelte, konnte sie diese vielleicht von ihrem Vorhaben abbringen. Mit etwas Glück würden Jan oder Ragnar die Mörderin rechtzeitig enttarnen und sie retten.

»Anita hatte ihr Smartphone in der Redaktion liegen gelassen. Als es klingelte, erschien im Display der Name *Lieblingsmensch*. So hatte sie mich bisher immer bezeichnet. Der Schmerz hat sich angefühlt, als würde mein Herz mit Stacheldraht umwickelt, der sich langsam zuzieht.«

»Du hast sie geliebt, richtig?«

Juliane nickte. »Mehr als alles andere auf der Welt. Obwohl ich wusste, dass Anita auf Männer stand, habe ich die Hoffnung nie aufgegeben, denn wir waren Seelenverwandte. Das hatte ich zumindest gedacht. Nach dem Anruf habe ich sie überwacht und wusste bald, dass sie mich verlassen würde, um gemeinsam mit ihrem Liebhaber zu leben. Das konnte ich unmöglich zulassen.«

»Mit Anita hättest du auch deine finanzielle Absicherung verloren, richtig? Soweit ich weiß, gehörten ihr das Haus und die Zeitung.«

»Du hast deine Hausaufgaben gemacht. Leider wird dir dieses Wissen nichts mehr nützen.«

»Das Testament ist eine Fälschung?«

»Natürlich. Ich begeistere mich seit vielen Jahren für Kalligrafie. Dadurch habe ich nicht nur verschiedene Schriftarten gelernt, sondern mich auch im Fälschen von Handschriften geübt.«

»Demnach hast du auch die Todesnachrichten von Anita und dir geschrieben.«

»Richtig. Ich habe eine Flaschenpost vom Bjarne Joken gekauft und seine krakelige Schrift nachgemacht. Das war nicht einmal schwierig. Die Bullen haben auf die gefakten

Meldungen reagiert wie dressierte Hunde und sofort den Spökenkieker ins Visier genommen.«

»Warum hast du Anita und nicht ihren Liebhaber getötet?«

»Weil ich kapiert habe, dass sie mich niemals so bedingungslos lieben wird, wie ich sie geliebt habe. Nach ihrem Tod würde sie mir nie wieder Schmerzen bereiten können. Zudem kann ich die Zeitung endlich in meinem Sinne fortführen.«

»Wie lange im Voraus hast du den Mord geplant?«

»Fast fünf Wochen lang. Der Zeitungsbericht über das Hotel *Muschelkönig* war meine Idee. Auf diese Weise konnte ich mehr über das Ehepaar Tütken und vor allem über Klaus erfahren. Vor der Tat habe ich mir überlegt, wem ich den Mord in die Schuhe schieben kann. Als ich den Videoclip von dem jungen Mann gesehen habe, der vom Spökenkieker unter Wasser gedrückt wurde, habe ich die Gunst der Stunde genutzt. Um die Polizei auf die richtige Spur zu locken, habe ich seinen Schuppen abgefackelt und ihn zu unserem Haus gelotst. Dabei habe ich darauf geachtet, dass er mich nicht aus den Augen verliert. Da die Bullen glauben sollten, dass er Anita aus Rache für den abgefackelten Schuppen umgebracht hat, bin ich in ihren Schuhen gelaufen. Die winzigen Dinger haben mich fast umgebracht. Meine Zehen taten noch tagelang weh, aber dieser Schmerz war nichts im Vergleich zu den Qualen, die mir Anitas Verrat beschert hat. Leider hat der Spacken sie nicht direkt im Haus ermordet, sondern ist abgehauen und ...«

Sie verstummte, als Heikes Smartphone, das sie sich in die hintere Hosentasche gesteckt hatte, die Melodie des Liedes *Strandtag* erklingen ließ. Sie holte es heraus und blickte auf das Display. Dann steckte sie es wieder ein und öffnete die Bodenklappe mit dem Eisenring, der darin eingelassen war. »Leider muss ich unseren kleinen Plausch jetzt beenden.«

Modriger Geruch stieg aus dem finsteren Loch empor, der Heike an ein Grab erinnerte. Zwei Spinnen krabbelten aus der Öffnung und verschwanden unter der Waschmaschine.

»Was ist mit deiner Entführung?« Heike musste sich unbedingt mehr Zeit verschaffen.

»Die habe ich nur vorgetäuscht. Zunächst habe ich den alten Hansen mit meinen Schlaftabletten ausgeknockt. Der war allerdings erstaunlich fix wieder auf den Beinen, obwohl die Dosis ausgereicht hätte, um einen Elefanten eine Woche lang pennen zu lassen. Nachdem er weggetreten war, bin ich aus dem Haus geschlichen und habe mich in der Nähe der Hütte des Spökenkiekers versteckt und auf die Bullen gewartet. Es war schließlich nur eine Frage der Zeit, bis sie dort nach mir suchen würden. Hat auch prima geklappt. Ich habe mir vorher ein paar Schrammen zugefügt, Paketband über die Lippen geklebt und mir ein Seil um das Handgelenk gebunden.«

»Warst du auch für die vielen Posts im Internet verantwortlich, mit denen der Hass auf den Spökenkieker geschürt wurde?«

»Klar. Das hat sogar richtig Spaß gemacht. Die Leute sind über Nachrichten im digitalen Wunderland leichter zu manipulieren als eine Schafherde. Die Idioten glauben wirklich jeden Blödsinn, als würden sie ihren Verstand vor dem Computermonitor ausschalten. Anders kann ich mir das nicht erklären. Die Stimme des Volkes hat den Bullen ordentlich zugesetzt, findest du nicht auch? Deine uniformierten Freunde wussten nicht mehr, wo ihnen der Kopf steht, denn ständig brach ein neuer Shitstorm über sie herein.«

»Dabei war das alles nur ein Ablenkungsmanöver.«

»Richtig, niemand hat mich verdächtigt. Wenn ich vorher gewusst hätte, dass man bei Klaus Hautpartikel von Anita unter seinen Fingernägeln finden würde, hätte ich mir die ganze Arbeit sparen können. Na ja, aber auf diese Weise waren die Ermittler noch verwirrter, als ohnehin schon.«

»Warum hast du Anita ausgerechnet in dieser Nacht umgebracht?«

»Weil sie nach dem Einbruch des Spökenkiekers Borkum umgehend verlassen und mit Klaus ein neues Leben anfangen wollte. Ich bin ihr in dieser Nacht zum Treffpunkt gefolgt. Glücklicherweise hat der Volltrottel gekniffen und Anita allein am Strand zurückgelassen. Mir ist es vollkommen egal, ob Bjarne oder Tütken für den Mord verurteilt werden. Solange ich mir keinen Fehler erlaube, kann ich die Bullen weiterhin an der Nase herumführen.«

»Mit den Wachsflecken auf der Tischdecke ist dir allerdings ein Fehler unterlaufen«, wandte Heike ein.

»Ein Fehler, den ich nun korrigieren werde. Runter mit dir.«

»Hilfe!«

Heike schrie aus Leibeskräften und wand sich auf dem Boden wie ein Aal, aber vergeblich. Juliane packte sie mit festem Griff und zog sie zur Öffnung. Im Licht einer einzelnen Glühbirne, die den Keller erhellte, konnte sie nur die ersten beiden Sprossen einer Leiter erkennen, darunter klaffte ein dunkles Loch, das sie zu verschlingen drohte.

Der Gong der Klingel hallte wie eine Todesglocke durch das Haus. Juliane erstarrte und blickte auf. Heike nutzte den Moment und trat mit den zusammengebundenen Beinen nach ihr.

Dabei schrie sie erneut und gebärdete sich wie eine Wahnsinnige. Juliane griff in ihre Haare und schlug Heikes Kopf so hart auf den Steinfußboden, dass diese augenblicklich verstummte. Sekunden später explodierte die Welt.

Mausoleum

Borkum, Juli

Jan hatte Hansens Anruf nicht gehört, weil er zu diesem Zeitpunkt in der Kaffeeküche der Polizeistation gewesen war. Als es erneut klingelte, nahm er das Telefonat entgegen.

»Niemeier hat uns belogen.« Die Stimme des Hauptkommissars klang atemlos.

»Wie kommst du denn darauf?«

»Wegen der knarzenden Bretter.«

»Das verstehe ich nicht.«

»Ist auch egal. Sie hat uns die ganze Zeit zum Narren gehalten.«

»Willst du mir damit etwa sagen, dass sie Anita Vogts umgebracht haben könnte?«

»Jo. Wir müssen sie sofort vernehmen. Nimm deine Waffe mit. Wenn sie wirklich so kaltblütig ist, wie ich glaube, könnte sie gefährlich sein.«

»Heike ist bei ihr.«

»Schiet ok. Dann sollten wir besser keine Zeit verlieren. Wir treffen uns bei der *Zeitenwende.*«

Hansen beendete das Gespräch und Jan rief sofort Heike an. Als diese das Telefonat nicht entgegennahm, schnappte er sich die Dienstwaffe, schwang sich auf seinen Rostesel und raste zur Hindenburgstraße.

Hansen kam wenige Augenblicke später aus der anderen Richtung zum Treffpunkt. Er japste nach Luft und stützte sich mit den Händen auf den Oberschenkeln ab.

»Ich klingle. Du sicherst den Hinterausgang für den Fall, dass sie abhaut«, ordnete der Hauptkommissar an, nachdem er wieder zu Atem gekommen war.

»Okay.« Jan eilte zum hinteren Ausgang und linste durch das Glasfenster in der Tür. Heike lag gefesselt neben einer geöffneten Bodenklappe und wurde von Niemeier offensichtlich bedroht. Als diese den Kopf Richtung Treppe wandte, trat Heike mit beiden Beinen nach ihr. Juliane wich ihrem Angriff geschickt aus, packte Heikes Kopf und schlug ihn hart auf den Steinboden.

Jan schrie entsetzt auf und rüttelte an der Klinke, aber die Tür war verschlossen. Ohne weitere Überlegung schlug er die Scheibe mit dem Griff seiner Waffe ein. Sie zerbarst mit einem Knall und Scherben regneten zu Boden. Der junge Polizist griff durch das Loch, zog den Riegel zurück und öffnete die Tür.

»Stehen bleiben.«

Er stürmte in den Raum und richtete die Waffe auf Niemeier, die bereits auf der Treppe war. Aber diese reagierte nicht, sondern rannte die Stufen weiter nach oben. Im ersten Moment wollte Jan sie verfolgen, aber dann hätte er sich nicht um Heike kümmern können, deren Kopf in einer immer größer werdenden Blutlache lag.

Jan rief den Rettungswagen, kniete sich neben seine Freundin und tastete nach ihrem Puls. Der Herzschlag war kaum fühlbar und so zart wie der Flügelschlag eines Schmetterlings.

Er befreite Heike von ihren Fesseln, zog seine Uniformjacke aus und legte sie zu einem Bündel zusammen. Vorsichtig hob er ihren Kopf an und schob das Kleidungsstück darunter.

»Bleib bei mir.« Er beugte sich über sie und strich ihr sanft über die Wange. »Du darfst jetzt nicht schlappmachen, hörst du?«

Ihre Lider flatterten.

»Mach keinen Scheiß. Ich will dich nicht verlieren.«

»Juliane ... Mörderin«, hauchte Heike kaum hörbar.

»Das wissen wir. Hansen ist oben und ...«

Urplötzlich ertönte ein Poltern, dem ein grauenvoller Schrei folgte. Dann senkte sich eine so absolute Stille über das Haus, wie sie sonst nur in einem Mausoleum zu finden ist.

»Hilf ihm. Ich bin ... okay.«

»Lügnerin.«

»Geh!«

»Bin gleich wieder da.«

Jan eilte mit entsicherter Waffe die Treppe nach oben. Da die Tür einen Spaltbreit offen stand, konnte er einen Teil des Flurs einsehen. Niemand war dort.

Er schlich in den Gang. Als Jan hinter sich ein Brett knarzen hörte, wirbelte er herum und ... stand Hansen gegenüber, dessen Gesicht schmerzverzerrt war.

»Was ist denn mit dir passiert?«

»Ich habe den Blumenkübel gegen die Tür geworfen. Dabei ist mir das schwere Ding weggerutscht und ich habe in die Rosen gegriffen. Immerhin habe ich die Tür damit aufgebrochen.« Mit einem Kopfnicken deutete er auf die zerstörte Eingangstür.

»Wo ist Niemeier?«

»Keine Ahnung. Sie wird inzwischen aus einem der Fenster geflohen sein. Die kommt aber nicht weit, weil sie die Insel nicht verlassen kann. Nur mit einer Geisel ...«

»Jan!«

»Das ist Heike.«

Der junge Polizist rannte in den Keller zurück. Niemeier kniete neben der Verletzten, die noch immer in ihrem Blut auf dem Boden lag. Sie musste aus einem Fenster geflohen und durch die Hintertür in den Keller gelangt sein. In der rechten Hand hielt sie ein Messer.

»Stehen bleiben, sonst werde ich die blöde Kuh töten. Wo ist der alte Döspaddel?«

»Wie hast du mich genannt?« Hansen trat neben seinen Kollegen und musterte die Verbrecherin mit eiskaltem Blick. Die Polizisten standen nun am Fuß der Treppe, die knapp zwei Meter von Heike entfernt war.

Zwei Schritte nur ... und doch eine unüberwindbare Distanz, wenn Jan seine Freundin retten wollte. In Sekundenschnelle scannte er den Raum. An der Wäscheleine hing keine Kleidung. Auf der Waschmaschine stand ein weißer Plastikkorb mit Schmutzwäsche. Daneben waren eine Vorratspackung Waschmittel und eine große Flasche Weichspüler. Direkt daneben war der offene Schacht.

»Sie können nicht entkommen.« Hansen machte einen Schritt vorwärts.

»Stehen bleiben und Waffen fallen lassen.« Juliane hielt den Messergriff fest umklammert, bereit zum tödlichen Stoß. Die Polizisten folgten der Aufforderung und legten die Pistolen vor sich auf den Boden.

»Kickt die Waffen zu mir rüber.«

Die Beamten kamen auch dieser Aufforderung nach.

»Ich verlange ein Boot. Heike wird mich auf der Flucht begleiten. Wenn ich in Sicherheit bin, werde ich meine Geisel freilassen.«

»Wie wollen Sie denn zum Hafen kommen?«, fragte Hansen.

»Mit dem Streifenwagen, wie denn sonst?«

»Kein Problem. Hilft der Weichspüler eigentlich gegen raue Kleidung? Meine Hemden kratzen nach dem Waschen immer wie Drahtbürsten und scheuern mir die Haut auf.«

Niemeier, die gerade nach einer der beiden Waffen gegriffen hatte, blickte den Kommissar mit großen Augen an. »Wollen Sie ernsthaft Haushaltstipps von mir? Sie sind noch durchgeknallter als der Spökenkieker und ...«

Weiter kam sie nicht, denn Jan hatte die Intention seines Vorgesetzten richtig verstanden. Er nutzte Hansens Ablenkungsmanöver, griff nach dem Weichspüler und schlug Niemeier die gefüllte Plastikflasche an den Kopf.

Diese hob im letzten Moment den linken Arm – war aber zu langsam. Die provisorische Waffe knallte gegen ihre Schläfe.

Bevor Niemeier sich von dem Schlag erholen konnte, hatte Hansen ihr Handgelenk gepackt und nach außen gedreht. Kraftlos glitt das Messer aus ihrer Hand und fiel neben Heike zu Boden. Wenige Augenblicke später klickten die Handschellen.

»Du kannst dein Sprüchlein jetzt aufsagen«, forderte der Hauptkommissar seinen Kollegen auf, nachdem beide Polizisten ihre Waffen wieder eingesteckt und Jan sich versichert hatte, dass Heike mit dem Messer nicht verletzt worden war.

Noch während er Niemeier über ihre Rechte informierte, erschienen die Sanitäter und kurz darauf auch ein Notarzt. Heike wurde in ein Krankenhaus gebracht. Hansen und Jan führten Niemeier in Handschellen zur Polizeistation und entließen den Spökenkieker aus seiner Zelle.

Nach der Inhaftierung machte sich Jan auf den Weg zur Klinik und fragte bei der Anmeldung nach Heike Gessner. Diese war bereits verarztet und auf ein Zimmer gebracht worden.

Jan öffnete die Tür und erblickte zwei Betten, von denen nur eines belegt war. Heike lag am Fenster. Ihre Haut war so weiß wie das Bettzeug. Ihr Kopf war mit Mullbinden umwickelt, so dass sie wie eine Mumie aussah.

»Wie geht es dir?« Er trat an ihr Bett und ergriff ihre Hand.

»Mein Schädel brummt wie nach einer guten Party. Die Ärzte wollen mich in dieser Nacht wegen des Verdachts auf Gehirnerschütterung hierbehalten.«

»Sonst ist alles okay? Das ganze Blut ...« Jan verstummte und drückte ihre Hand fester.

»Keine Sorge, mein Schädel hält einiges aus. Ich habe nur eine Platzwunde am Hinterkopf.«

»Demnach ist also nichts passiert«, zeigte sich Jan erleichtert.

»Nichts passiert? Die Ärzte haben mir einen Teil der Haare abrasiert, um die Wunde versorgen zu können. Wahrscheinlich sehe ich aus wie ein vom Sturm zerzaustes Möwennest.«

»Wenn du nicht mehr gesellschaftsfähig bist, werde ich mir wohl eine neue Freundin suchen müssen.« Jan griente.

»Ik schiet di wat mit neuer Freundin.« Heike zog ihn zu sich. »Mich wirst du so schnell nicht los«, flüsterte sie ihm ins Ohr.

Neuerscheinung

Borkum, November

»Was für ein Schietwetter!« Hansen drückte die Tür zur Buchhandlung *Borkumer Bookje* hinter sich zu und schob die Kapuze von seinem Kopf. Regentropfen liefen an seinem Friesennerz entlang und fielen zu Boden, wo sie eine kleine Lache bildeten. Statt Clogs trug er an diesem stürmischen Herbsttag ein Paar quietschgelbe Gummistiefel.

»Ich wusste nicht, dass du ein zweites Paar Schuhe besitzt.« Heike Gessner kam, einen Stapel Bücher im Arm haltend, auf ihn zu.

»Die Stiefel trage ich nur zu besonderen Anlässen.« Hansen fischte seinen Zigarrenstumpen aus der Jackentasche und steckte ihn zwischen seine Lippen.

»Ist heute denn ein besonderer Anlass?« Sie stellte den Stapel auf einen Büchertisch im Eingangsbereich.

»Jo, denn ab morgen habe ich Urlaub.«

»Jan hat mir davon erzählt. Was wirst du in den beiden Wochen denn machen?«

»Kaffee trinken, Zigarren rauchen und Bücher lesen. Ist dein neuer Roman wirklich so toll, wie deine Leser behaupten? Im Internet wird die Geschichte als neuer Bestseller abgefeiert. Sogar die Literaturkritiker sind begeistert.«

Der Hauptkommissar griff nach dem Buch, das zuoberst auf dem Stapel lag, und betrachtete das Titelbild, auf dem in großen Buchstaben *Borkumer Flaschenpost* zu lesen war.

»Warum findest du es nicht einfach heraus? Ich schenke dir ein Exemplar.«

»Danke. Sag mal, ist der leitende Ermittler in deiner Geschichte wirklich so ein Vollpfosten, der ständig unschuldige Leute verhaftet?«

»Er ist ...«, antwortete Heike, wurde dann aber von ihrem Freund Jan unterbrochen, der, ebenfalls mit einem Bücherstapel, in den Laden kam.

»... ein Döspaddel. Glücklicherweise hat er einen intelligenten und gut aussehenden Kollegen, der den Fall im Alleingang löst und ihm eine Blamage erspart.« Der junge Polizist grinste wie ein Honigkuchenpferd.

»Gut zu wissen. Demnach haben die Figuren also keine Ähnlichkeit mit den Polizisten auf Borkum. Ich hatte schon befürchtet, dass du dir ein Beispiel an lebenden Personen genommen hast«, sagte Hansen zu Heike gewandt.

Diese schüttelte den Kopf. »Alle meine Geschichten sind frei erfunden. Ähnlichkeiten mit lebenden oder toten Personen sind rein zufällig und nicht beabsichtigt.«

»Sind Sie ein Schauspieler?«

Ein älterer Mann, der vor dem Regal mit den Kriminalromanen stand, drehte sich zu Hansen um und musterte ihn durch seine dicken Brillengläser.

»Nee, wieso sollte ich?«

»Weil Sie mich an den alten Gnadderkopp in dem Roman erinnern. Der trug auch immer einen Friesennerz.« Der Kunde deutete auf das Cover des Buches *Borkumer Flaschenpost*.

»Das muss ein Zufall sein. Bei dem Wetter tragen viele Ostfriesen dieses Kleidungsstück.« Hansen drehte sich zu Heike um, die dem älteren Leser einen guten Heimweg wünschte, als dieser den Laden verließ.

»Ich werde das Buch auf eventuelle Ähnlichkeiten abklopfen.« Der Hauptkommissar steckte das geschenkte Buch in seine Jackentasche. »Deine neue Kurzhaarfrisur steht dir übrigens ausgesprochen gut.«

»Danke für das Kompliment. Die Ärzte haben bei der Wundversorgung so viele Haare abrasiert, dass ich den Rest radikal kürzen musste. Glücklicherweise ist die Platzwunde gut verheilt. Man sieht sie kaum noch.« Heike fuhr sich mit der rechten Hand über den Hinterkopf. »Von der Gehirnerschütterung habe ich mich auch erholt, so dass keine bleibenden Schäden zurückgeblieben sind. Weißt du, wann der Prozess gegen Juliane Niemeier beginnt?«

»In zwei Wochen. Deine Zeugenaussage ist die wichtigste Stütze für die Anklage, schließlich bist du die einzige Person, der gegenüber Niemeier den Mord gestanden hat. Du wirst doch aussagen, oder?«

»Selbstverständlich. Diese Frau wollte mich töten, ich möchte sie daher nicht mehr in Freiheit wissen. Jan hat mir erzählt, dass Schriftexperten die Fälschung des Testaments bestätigt haben und ebenfalls sicher sind, dass die Texte auf den beiden Todesdrohungen, die in den Flaschen gefunden wurden, auch aus ihrer Feder stammen.«

»Das ist richtig. Unsere Spezialisten haben in den Schuhen von Vogts nach einer erneuten Analyse auch DNA Spuren von Niemeier entdeckt. Sie hat ja dir gegenüber zugegeben, dass sie die Dinger in der Nacht getragen hat, als sie den Schuppen angezündet und den Spökenkieker zur Redaktion geführt hat, damit dieser sich dort an Vogts rächen konnte – was er aber nicht tat. Das Schlafmittel, mit dem Niemeier mich ausgeknockt hat, konnte nach der Festnahme in ihrem Urin nicht mehr nachgewiesen werden. Da sie das Benzodiazepin demnach längere Zeit nicht eingenommen hat, wird sie auch in der Brandnacht nicht geschlafen haben.«

»Sie hat den Mord von langer Hand geplant. Es ist erschreckend, zu welch grausamen Taten Menschen in ihrer Eifersucht fähig sind.« Heike dekorierte den

Bücherstapel zu einer Pyramide und platzierte eines der Bücher in einem Ständer, den sie auf die Spitze stellte.

»Sie wird nicht nur aus Eifersucht gehandelt haben«, fuhr der Hauptkommissar fort. »Die Umsätze der Zeitung blieben hinter den Erwartungen zurück, sie wäre aus Kostengründen früher oder später eingestellt worden. Mit Anita hätte Niemeier auf einen Schlag alles verloren: Die Frau, die sie liebte, und ihre finanzielle Sicherheit, denn in einer Beziehung zwischen Klaus und Anita war kein Platz für sie.

Mit den falschen Fährten hat sie uns eine Weile in die Irre geführt. Ihr war es vollkommen egal, ob Klaus Tütken oder Bjarne Joken für den Mord verhaftet wurden. Letzten Endes war Niemeier aber nicht clever genug für mich.« Hansen drückte die Brust raus. »Die knarzenden Bretter haben sie verraten. Niemand sollte sich mit einem Genie wie mir anlegen.«

»Genie?« Jan zog das Wort wie Kaugummi auseinander. »Ist dir die Bedeutung des Wortes überhaupt bekannt? Ohne meine Unterstützung wärst du ganz schön aufgeschmissen gewesen. Wenn ich nicht gewesen wäre ...«

»... hätte ich den Fall auch gelöst. Ich bin nicht umsonst der Boss in dem Laden.« Der Hauptkommissar griente.

»In den nächsten beiden Wochen werde ich dir beweisen, dass du ein alter Mann bist, der bald in Rente gehen sollte.«

»Alter Mann? Ich bin auf der Höhe meiner Schaffenskraft und habe noch viele gute Jahre vor mir.«

»Blödsinn, du hast ...«

»Jungs, könnt ihr mit dem pubertären Gesabbel aufhören? Das ist echt nicht zum Aushalten. Zudem habe ich Niemeier anhand der Wachsflecken auf der Tischdecke als Mörderin entlarvt. Mit meinem kriminalistischen Spürsinn würde ich jeden Fall innerhalb weniger Stunden aufklären. Wenn ihr mich zukünftig in die laufenden Ermittlungen einbezieht, könnte ich euch von großem Nutzen sein.«

»Kriminalistischer Spürsinn? Die schmutzige Tischdecke wäre jedem Kind aufgefallen.« Hansen schob den Zigarrenstumpen in den linken Mundwinkel.

»Ach ja? Und warum hast du die Wachsflecken nicht bemerkt, bevor du dich wie ein Anfänger hast betäuben lassen?«

»Das war ... ähem ... wegen der schlechten Lichtverhältnisse in der Küche.« Hansen fuhr sich mit der Hand durch die strubbligen Haare.

»Lichtverhältnisse, echt jetzt?« Jan schüttelte den Kopf.

»Ich habe gehört, dass der Spökenkieker nach einem psychologischen Gutachten als ungefährlich eingestuft wurde und in seine Hütte zurückkehren wird. Stimmt das oder ist das nur ein Gerücht?«, wechselte Heike, der die Sticheleien der Männer auf die Nerven gingen, das Thema.

»Jo.« Hansen nickte. »Jan und ich werde immer wieder nach ihm sehen.«

»Was ist mit Astrid Tütken? Ist sie wirklich mit den Kindern ins Haus ihrer Eltern gezogen?«, ließ sich die Buchhändlerin erneut vernehmen.

»Du bist erstaunlich gut informiert. Meines Wissens versucht ihr Mann momentan, die Gäste, die nach seiner Verhaftung das Hotel gemieden haben, mit Sonderaktionen wieder anzulocken. Wenn Astrid die Scheidung einreicht, hat er für seine Affäre mit Anita einen hohen Preis bezahlt.«

»Jan, hast du etwa Mitleid mit dem Kerl? Er hätte schließlich nicht fremdgehen müssen!« Heike stemmte die Hände in die Seiten.

»Natürlich nicht. Ich dachte nur ...«

»... dass du mich besser niemals betrügen wirst, richtig?«

»Klar. Eine so tolle Frau wie dich ...«

»Tolle Frau? Jetzt übertreibst du aber.« Der Hauptkommissar lachte, als ihm die Buchhändlerin einen wütenden Blick zuwarf, und wandte sich zur Tür. »Ich mach mich jetzt vom Acker.«

»Besser ist das.« Heike sah Hansen mach, bis sich die Tür hinter ihm geschlossen hatte.

»Was machen wir mit dem angefangenen Tag?« Jan streckte den Rücken durch, wobei einige Wirbel protestierend knackten.

»Ich werde gleich Feierabend machen und mich bei dem Wetter mit einem Glas Wein in die Badewanne zurückziehen.«

»Was ist mit mir?«

»Du kannst mir den Rücken massieren, wenn du die Kartons im Lager in die Regale einsortiert hast.«

»Aber ich ...«

Sie legte ihm einen Zeigefinger auf die Lippen. »An deiner Stelle würde ich mich beeilen. Wir sehen uns später.«

Heike zog sich einen rosafarbenen Regenmantel über und verließ die Buchhandlung. Jan sah ihr nach und grinste. Dann machte er sich an die Arbeit. Eine Frau wie Heike ließ man schließlich nicht warten.

Klarant Verlag

Lernen Sie die Ostfrieslandkrimi-Titel des Klarant Verlages kennen und besuchen Sie uns im Internet unter:

www.ostfrieslandkrimi.de

und

www.klarant.de

Sie können dort Näheres über unsere Autorinnen und Autoren erfahren, viele weitere interessante Bücher und eBooks finden und Leseproben herunterladen. Mit dem kostenlosen Newsletter auf

www.ostfrieslandkrimi-lesen.de

erhalten Sie aktuelle Informationen rund um das Verlagsprogramm wie beispielsweise spannende Neuerscheinungen und Gewinnspiele.

Ostfrieslandkrimi-Empfehlungen des Klarant Verlages

Kennen Sie auch schon die anderen Bücher der beliebten Ostfrieslandkrimi-Serie *Borkumer Polizei ermittelt* von Dörte Jensen?

In der Serie sind bislang folgende Ostfrieslandkrimis erschienen:

»Der Tote im Strandzelt«, Band 1
Taschenbuch ISBN: 978-3-96586-518-1
eBook ISBN: 978-3-95573-519-8
Klappentext:

»Borkumer Nacht«, Band 2
Taschenbuch-ISBN: 978-3-96586-566-2
eBook-ISBN: 978-3-96586-573-0

»Borkumer Melodie«, Band 3
Taschenbuch-ISBN: 978-3-96586-624-9
eBook-ISBN: 978-3-96586-625-6

»Borkumer Sturm«, Band 4
Taschenbuch-ISBN: 978-3-96586-681-2
eBook-ISBN: 978-3-96586-682-9

»Borkumer Inselglitzer«, Band 5
Taschenbuch-ISBN: 978-3-96586-731-4
eBook-ISBN: 978-3-96586-732-1

»Borkumer Flaschenpost«, Band 6
Taschenbuch-ISBN: 978-3-96586-776-5
eBook-ISBN: 978-3-96586-777-2